문학상담

이혜성 지음

Σ 시그마프레스

문학상담

발행일 | 2015년 8월 10일 1쇄 발행

저자 | 이혜성
발행인 | 강학경
발행처 | **㈜시그마프레스**
디자인 | 한지혜
편집 | 류미숙

등록번호 | 제10-2642호
주소 | 서울시 영등포구 양평로 22길 21 선유도코오롱디지털타워 A401~403호
전자우편 | sigma@spress.co.kr
홈페이지 | http://www.sigmapress.co.kr
전화 | (02)323-4845, (02)2062-5184~8
팩스 | (02)323-4197

ISBN | 978-89-6866-492-2

이 도서의 국립중앙도서관 출판예정도서목록(CIP)은 서지정보유통지원시스템 홈페이지(http://seoji.nl.go.kr)와 국가자료공동목록시스템(http://www.nl.go.kr/kolisnet)에서 이용하실 수 있습니다.(CIP제어번호 : CIP 2015020775)

차 례

Part 02 상담과 사랑, 마음 놓고 끝없이

책머리에

2015년은 1939년생 토끼띠인 내가 희수를 맞는 해이다. "희수는 사람 나이의 일흔일곱 살. 희자축(喜字祝)이라고 하여 장수를 축하하는 뜻으로 쓰인다. 희(喜)자를 초서체로 쓰면 그 모양이 七十七을 세로로 써 놓은 것과 비슷한 데서 유래되었으며, 일종의 파자(破字)의 의미이다. 장수에 관심이 많은 일본에서 비롯되었다." (출처 : 두산백과) 사람의 나이 일흔일곱 살을 의미하는 희수(喜壽)라는 단어에는 중국인, 일본인, 한국인 각각의 독특한 풍류가 들어 있다. '기쁠 喜'자를 중국 사람은 초서(抄書)로 흥겹고 자유롭게 쓰고 일본 사람은 그 글자 속에서 재치 있게 '七十七'이라는 숫자를 읽어 내서 사람의 장수를 축하하는 뜻으로 해석하고, 우리나라 사람은 그 단어를 이용해서 잔치를 베풀면서 즐기고 있다. 한국인의 평균 수명이 늘어나면서 이제는 환갑연 대신 희수를 축하하는 경우가 많아진 것이 사실이다.

나는 특별한 이름이 붙은 생일을 좋아하기 때문에 '환갑 생일'에 수필집을 출판했고, 금년 '희수 생일'에는 상담에 관한 전문적인 내용의 글과 나의 개인적인 글을 모아 책으로 출판하기로 결심했다.

＊

1999년은 토끼띠인 내가 환갑을 맞은 해였다. 내 주위 친구들은 환갑을 별로 달가워하지 않는 분위기였으나 나는 내가 환갑이라는 것이 참 좋았다. 나는 내가 태어난 해가 기묘년(己卯年)이라는 걸 모르고 태어났지만 육십갑자를 지나고 돌아온 기묘년을 내가 직접 기념할 수 있었음이 좋았고, 내 신체의 각 기관이 단 1초도 쉬지 않고 60년을 아무 문제 없이 계속 움직여 주었음이 감사했고 공자의 말씀대로 이순(耳順)의 나이가 되어 이제 인간적으로 안정이 되는 것 같아 안심이 되었다. 그래서 환갑 생일에 오랫동안 소망했던 수필집을 출판했다. 수필집 제목을 사랑하자, 그러므로 사랑하자로 하고 60년 동안 지내온 일들을 자전적(自傳的)으로 쓰면서 역사의 격동기를 겪어 낸 우리 집안의 역사를 기록할 수 있었고, 상담 교수가 되기까지의 나의 교육 과정과 상담 교수가 되고 나서의 나의 개인적이고 전문적인 삶의 면면들을 상담적으로 되돌아볼 수 있어서 의미가 깊었다. 헤밍웨이가 "나의 타이

프라이터 '코로나'가 나의 치료자"라고 하면서 자신의 글쓰기가 자신을 안정시키는 데에 얼마나 큰 힘이 되는가를 이야기했던 것처럼 나도 글쓰기가 나 자신을 성찰하면서 성장할 수 있게 해준다는 사실을 새롭게 인식했다.

✳

그로부터 16년이 지나서 '희수'라는 아름다운 이름이 붙은 2015년, 나는 지나온 나의 77년의 일생을 돌아보면서 깊은 감회에 젖는다. 지금까지 나에게 내려주신 하나님의 은총과 축복에, 그리고 나의 가족들과 나와 관계를 맺고 있는 주위 사람들과의 깊고 정직한 인연에 감사하면서 '유한한 시간을 사는 존재이지만 무한한 가능성을 가진 오묘하고 신비한 인간의 삶'에 대해서 새삼스럽게 많은 깨달음을 얻는다. 65세에 은퇴를 했지만, 지금 이 시간에도 나의 전공 분야에서 일하면서 상담의 새로운 지평을 탐색하려고 노력하는 나의 커리어에 대해서, 그리고 부모님의 지극한 격려와 기대 속에서 늦은 나이에 결혼했지만 31년간 잘 살아온 나의 결혼생활에 대해서 감사한다. 로마의 철학자이며 정치가였던 세네카는 "삶을 배우려면 일생이 걸린다."라는 명언을 남겼고, 하버드대학교 의과대학 교수이며 정신과 의사인 조지 베일런트[1]는 70여 년간에 걸쳐서 연구한 인생성장보고서에서 "삶은 극직인 주피수를 발한다. 과학으로 판단하기에는 너무나도 인간적이고,

1. 조지 베일런트 지음, 이덕남 옮김, 행복의 조건, 프런티어, 2010

숫자로 말하기에는 너무나도 아름답고, 진단을 내리기에는 너무나도 애잔하고 학술지에만 실리기에는 영구불멸의 존재다."라고 결론지었다. 인간의 삶에 대한 이들의 명언 속에 함축된 깊은 뜻을 마음속으로 반추하면서 희수를 기념하는 문학상담을 출판하게 되었다.

✳

이 책에는 40여 년간 이어져 오는 나의 상담 일생과 나의 일생에 빛을 더해 준 아버지와 남편의 사랑이 담겨져 있다.

　저세상에서도 나의 희수 잔치를 직접 잘 차려주고 싶어서 세심하게 마음을 쓰고 있을 그리운 나의 남편의 영전에 이 책을 바친다.

　이 책의 출판을 맡아 준 시그마프레스의 강학경 사장님과 관계자들의 노고에 진심으로 감사를 드린다.

2015년 8월

이 혜 성

상담의
새로운 지평을 향하여

오래전부터 나는 철학적이고 문학적인 사유와 고뇌 속에서 인간의 실존적인 문제를 다루는 상담을 하고 싶었다. 자기 자신과 남에게 진지하고 정직하며 '지금－여기'에 충실하면서 다가올 앞날을 희망과 열정으로 맞이할 수 있도록 자신의 삶을 성숙시키는 보람 있는 여정(旅程)이 곧 상담의 과정이어야 한다고 생각하고 있었다. 그런 깊이 있는 상담을 위하여 상담자는 내담자로 하여금 "나는 지금 어떻게 살고 있으며 어떻게 살아야 하는가?"라는 인문적 자기성찰을 하도록 이끄는 안내자이며 격려자이며 동행자 역할을 하는 전문가여야 한다고 믿는다. 그러므로 인간의 존재 의미와 가치를 다루는 인문학은 곧 상담의 근본이다. 나는 상담에 인문학을 융합하여 실행하는 상담을 인문상담, 인문상담의 과정에 철학적인 사유와 질문을 활용하는 상담을 철학상담, 문학적인 통찰력과 표현력을 활용하는 상담을 문학상담이라 정의한다. 인문상담, 철학상담, 문학상담이 우리나라 상담의 지평을 더 넓게 펼쳐 갈 수 있을 것이라고 확신한다.

프롤로그

인간중심상담이 주류를 이루고 있던 휘치

버그대학교와 버지니아대학교에서 공부하는 동안(1968~1973) 나는 상

담이야말로 인간을 인간답게 성숙하도록 도와주는 학문인 동시에, 인

간의 존엄성과 가치를 귀하게 여기는 차원 높은 학문이라는 것을 깊

이 마음에 새겼다. 상담은 인간의 긍정적인 성장을 도와주는, 건강한

사람을 더욱 건강하게 성장시키는 힘이 있는 학문이라고 믿으면서 상

담은 심리치료나 정신치료와는 구별되는 고유한 영역이 있다고 생각

한다. 나는 상담을 심리학의 한 분야로서만이 아니라 교육학과 인문

학을 근본 바탕으로 하는 학문으로 보는 입장이다. 그래서 '상담심리

학'이라는 용어보다는 '상담학' 또는 '상담'이라는 용어를 더 선호하고 이 책에서는 '상담'으로 통일했다.

칼 로저스(1951)[2]는 상담의 중심을 상담자의 상담적 행함(doing)이 아닌 상담자의 존재방식(way of being)으로 보았다. 즉, 상담자가 심리학의 어떤 이론적 배경을 가지고 상담에 임하는가, 어떤 치료기법에 얼마만큼 훈련되었으며 그것을 얼마나 잘 사용하는가 등의 상담적인 내용과 치료 행위의 전문성 여부보다는 상담자가 어떠한 '존재방식'을 지니고 상담에 임하는가, 다시 말해서 상담자 자신이 지니고 있는 삶과 인간관계에 대한 '존재방식'이 내담자와의 치료 관계 형성에 있어서 가장 중요한 요소라고 주장했다. 나는 그의 이론에 전적으로 동의하면서 상담자는 인간의 능력에 대해 긍정적인 신념을 가지고 인간의 질 높은 정신세계의 추구를 천착하도록 교육 받고 상담을 실천해야 한다고 생각하고 있다.

상담자는 상담을 통해서 내담자가 자기 스스로 자기 삶의 주인이되는 삶, 자기 나름대로의 가치 있는 삶을 찾을 수 있도록 도와주는 역할을 한다. 그런 상담을 위하여 상담자는 인문적 자기성찰의 훈련을 받아야 할 필요가 있다. 인문적 자기성찰이란 '나는 어떻게 살고있으며 어떻게 살아야 하는가?'라는 인문학의 기본 가치의 물음에 대한 대답을 찾는 인문적 성찰을 의미한다. 로저스가 말하는 상담자의 존재방식의 핵심은 인문적 자기성찰이라고 믿는다. 인문적 자기성찰

2. 칼 로저스 지음, 오제은 옮김, 칼 로저스의 사람 – 중심 상담, 학지사, 2009

을 근본으로 하는 상담은 인문학과 상담을 융합하여 실시하는 인문상담으로 그 지평이 넓혀질 수 있을 것이라고 기대한다. 상담과정에서 인문학의 요체인 철학을 활용하여 철학적 사유와 질문을 하는 상담을 철학상담, 문학의 표현력과 통찰력을 활용하는 상담을 문학상담이라 정의하고 철학상담과 문학상담을 개발하여 상담자 교육 과정에 포함시키는 것이 필요하겠다는 생각을 끊임없이 해오고 있다.

상담에 대한 나의 꿈은 상담자와 내담자가 상담 관계에서 '어떻게 살아왔고 어떻게 살고 있으며 어떻게 살아갈 것인가?'라는 인문적 자기성찰을 상담 언어로 말하고 듣고 쓰고 읽는 문학적인 활동을 통해서 하고자 하는 바람이다. 내담자가 인문적 자기성찰을 통하여 상담 목표인 '되고 싶은 자기'로 성장하고 '잃어버린 언어'를 찾아서 자기 삶의 주인이 되도록 도와줄 수 있는 상담을 할 수 있는 상담자를 양육하는 것이 상담자로서의 나의 존재방식이다.

✳

상담은 우리나라에 도입된 지 60년이 조금 넘은 비교적 젊은 학문 분야임에도 불구하고 현대 우리 사회에서 다양한 의미로 많이 쓰이고 있는 용어이다. 1962년에 서울대학교에 학생가이던스 센터, 이화여대에 학생지도연구소가 설립되는 것을 계기로 우리나라에서는 각급 학교를 중심으로 학생들을 이해하고 학생들의 진로를 지도하는 상담활동이 시작되었다. 그로부터 60여 년이 흐르는 동안 우리나라는 급격한 사회경제적 정치적 변동과 발전을 겪으면서 학교 현장에서 실시되어 오던 상담활동의 범위가 다양해지고 사회적으로도 상담에 대한 수요와 관심이 많아지게 되었다. 지금 우리나라에서는 상담 관련 교육기관과 학회에 사람들이 많이 몰려들어서 상담을 공부한 사람과 공부하려는 사람의 숫자가 기하급수적으로 증가하고 있다. 상담 관련 자격증의 수가 800여 종에 달하고 자격증을 따기 위한 검증되지 않은 교육 프로그램과 연수 과정이 난무하고 있다. 그 결과 상담은 그 표면적인 팽창에 눌려 상담이 목표로 하고 있는 개인의 자기성찰을 통한 성장의 핵심적인 내용이 희석되어 가고 있다. 지금 현재 상담자가 되기 위해 공부하는 예비 상담자들은 상담의 근본을 공부하기보다 자격증 취득에 더 열을 올리고 있다.

우리나라 상담학계의 1세대에 속하는 나는 이 심각한 현실에 대한 대처의 하나로 상담에 인문학의 기본 가치를 융합하는 인문상담을 실천할 것을 제안한다. 나는 한국상담대학원대학교에서 인문상담 교과목을 개발하고 인문상담의 실천 방법으로 철학상담과 문학상담을 전공 분야로 개설하여 우리나라 상담의 새로운 지평을 넓히기 위한 나름의 노력을 하고 있다.

지난 40여 년간 내가 배우고 가르치고 경험하고 있는 나의 상담 일생을 돌아보고 나에게 각인된 나의 상담에 대한 생각들을 정리하면서 내가 지금 연구하고 있는 인문상담과 문학상담을 설명해 보고자 한다.

01

나의 상담 일생

1968년에 도미하여 1974년 귀국하기까지 6년간 상담을 배우면서 나의 마음속에 새겨진 상담에 대한 소명의식과 매력, 1974년 귀국 후 지금까지 대학교 교수와 국가기관의 장으로 보내면서 쌓은 상담의 새로운 방향에 대한 탐색, 인문학과 상담을 융합한 인문상담의 구축, 상담자 교육 과정에 인문상담에 관한 교과목을 포함하여 교육하면 우리나라 상담이 더 넓은 지평으로 확대될 수 있을 것이라는 신념으로 철학상담과 문학상담을 전공 분야로 개설하고 키워 오면서 결코 짧다고 할 수 없는 세월을 상담과 관계되는 일만을 해오고 있다. 그러면서 나는 상담 분야가 얼마나 넓고 깊은가, 또한 보람 있는 상담을 실행하는 일이 얼마나 어려운가를 절감하고 있다. 그러면서도 나는 상담을 공부하는 학도로, 또 상담을 실천하는 상담자로 점철된 나의 상담 일생에 대해서 깊은 만족감과 자부심을 느낀다.

상담의 꿈을 키우며

나는 1962년 서울대학교 사범대학 국어과를 졸업하자마자 경동중학교 국어 교사로 부임해서 2년간 남학생들을 가르쳤고, 1964년부터 1967년까지 3년 동안은 이화여자중학교에서 여학생들에게 국어를 가르쳤다. 국어 과목은 자신의 생각과 느낌을 자신의 언어로 효과적으로 표현할 수 있는 문학적 능력을 길러주고 언어로 표현된 문학작품을 감상하는 예술적 감성을 기르는 교과목이라고 생각하고 있었던 나는 교실에서 내가 생각해 오던 국어과목내용과는 어울리지 않는 국어를 가르치면서 많이 답답했다. 예를 들어 교과서에 실린 윤동주의「서시(序詩)」를 가르치는데 교과의 지침은 문학적인 감성과는 관계가 없는 사항만을 가르치도록 되어 있었다. 시에 나오는, "하늘을 우러러 한 점 부끄러움이 없기를'이라는 시구(詩句)에서 '한'은 형용사인가, 명사인가, 관형사인가? '점'은 어떤 명사인가? '부끄러움'은 무엇에 대한 부끄러움인가?" 등 시의 문학적 예술성을 가르치는 것이 아니라 시험에 나올 만한 문제에 대한 정답을 가르치게 되어 있었다. 도대체 '한',

'점'이라는 정교한 시어의 품사가 왜 그렇게 중요한가? 그보다는 그 시에 스며 있는 시인의 아픈 마음을 느껴 보고 감상하는 경험이 더 귀한 것이 아닐까? 그런데 시험을 잘 봐야 하는 학생들은 이 시구를 마음속으로 음미하는 것까지도 시험문제의 답을 맞힐 수 있는 단 하나의 방향으로만 암기하도록 훈련받는 것이었다. 나는 청소년들의 신선한 감성을 무시하고, 독창적인 상상력을 뭉개 버리는 이런 국어 교사의 역할이 마음에 들지 않았다. 그래서 나는 글을 빠르게 잘 읽고, 그 내용을 정확하게 이해하여 말로 잘 표현하고, 자기 생각과 느낌을 글로 효과 있게 표현하는 것이 국어 교육의 3대 목표라고 생각하고 학생들에게 3분 스피치를 시켰다. 이야기할 차례가 된 학생들은 대부분 긴장했지만 시간이 가면서 언어 표현에 익숙해졌다. 나는 잘 쓴 글에 대해서는 아낌없이 칭찬해 주고 사물에 대한 정확한 표현과 효과적인 단어 선택을 격려하면서 그들의 감성을 키워 주었다. 나에게는 선천적으로 교사 자질의 DNA가 있었는지 그 모든 일을 하면서 참 기뻤다. 또 나는 사람 이름을 잘 외우기 때문에 내가 가르치는 400명 가까운 학생들의 이름을 거의 다 기억했고 나를 찾아와 마음속 이야기를 하는 학생들의 이야기를 잘 들어주었다. 그때는 상담이라는 단어의 의미를 잘 몰랐지만, 지금 생각해 보면 내가 학생들의 이야기를 들어주고 이해해 주면서 그들의 앞날을 함께 설계해 주려고 노력했던 것이 바로 상담이었던 것 같다. 나는 이런 교사로서의 활동을 즐거워하면서 이들의 심리적, 사회적 발달을 관심 있게 지켜보았다. 5년 동안의 교사생활을 통해 청소년들 속에 숨겨져 있는 강렬한 생명력, 창의력, 그리고 도전 정신과 용감한 실천력, 무모한 의협심 등을 인식하게 되었다. 나는 청소년들에게는 '인생의 발달단계 그 어느 때보다도 강렬한 성장하고자 하는 힘'이 있다는 것을 체험했고, 그 심리적인 원동력을 공부해 보고 싶은 막연한 희망을 갖게 되었다. 상담에 대한 나의 열정과 사랑은 그때부터 싹트기 시작한 것 같다.

＊

5년간의 중학교 교사생활을 끝내고 1968년 1월에 나는 유학의 길에 올랐다. 안정된 직업에서 5년이나 근무하다가 그 생활을 접는다는 것은 쉽지 않은 용단이었다. 그러나 아버지께서는 현실에 안주하려는 나를 일깨워 주셨고 더 나은 미래를 위해 도전할 것을 적극적으로 격려해 주셨다. 일생을 교사로 보내신 아버지는 학생들의 잠재력을 끝없이 신뢰하고 격려하면서 학생들을 지도하셨던 참교육자이셨고 참상담자이셨다. 나는 나의 친아버지를 상담자로 나의 멘토로 삼고 살아가고 있음에 감사하고 있다.

대한민국의 중학교 국어 교사였던 내가 미국 대학에서 입학 허가를 받는 일은 쉽지 않았다. 대학에서의 전공이 국어였기 때문에 전공을 살려서 공부를 하자면 언어학이나 문학을 하는 것이 정도였겠지만, 나는 카운슬링(counseling)에 매력을 느끼고 있었다. 내가 카운슬링이라는 단어를 처음 들은 것은 대학교 3학년 때, 그 당시 막 미국에서 공부를 마치고 귀국하신 김기석 교수에게서 '가이던스(guidance, 학생지도)' 강의를 들으면서였다. 학생들의 잠재능력을 찾아주고, 학생이 보람 있는 인생을 설계하도록 도움을 주는 것이 가이던스이며, 가이던스의 핵심이 카운슬링이라는 사실이 내 마음에 꼭 들었다. 그 다음 학기에 이영덕 교수에게서 '교과 과정' 강의를 들을 때에 카운슬링에 대한 관심은 더욱 깊어져서 미국에 가서 카운슬링 공부를 해보고 싶은 막연한 꿈을 갖게 되었다. 1960년대 후반, 그 당시 우리나라에서 미국에 공부하러 가는 일은 하늘의 별 따기였고, 그만큼 동경하는 일이었다. 나는 미국 공보관에 가서 *Universities and Colleges in America*라는 책을 뒤지면서 카운슬링 전공이 있는 여러 학교에 지원서를 냈다. 그러나 모두 "당신은 한국어를 공부했는데 미국에 와서 공부하는 것이 어려울 것이다."라는 친절한 거절을 담은 답장만을 수없이 받고 좌절할 수밖에 없었다. 그러나 반드시 미국에서 공부를 해야겠다는 오기에 가까운 용기로 천신만고의 노력 끝에 매사추세츠의 아주 작은 도시에 위치한 교육대학원인 휘치버그주립대학으로부터 입학 허가를 받았다.

상담을 배우며

휘치버그주립대학

나는 만학의 유학생으로 1968년에 도미하여 이 학교의 유일한 외국 유학생으로서 외국인이 누릴 수 있는 소박하고 친절한 대접을 받으면서 2년간 가이던스와 카운슬링 공부를 했다.

이 2년 동안의 공부는 상담이란 학문 자체가 낯설었던 나에게 상담이라는 학문이야말로 내가 필생토록 공부하고 싶은 분야라는 확신을 갖게 해주는 터전이 되었다. 나는 이 학교에서 상담의 근본철학은 인간의 무궁무진한 잠재력을 찾아내서 그가 처해 있는 환경에 적응하면서 자유롭고 창의적인 행복한 인간으로 성장할 수 있도록 도움을 주는 것이라는 것을 이해하면서 감격했다. 그리고 상담에 매료되었다.

휘치버그주립대학에서 조세프 듀란트(Joseph Durant) 교수의 '생활지도의 기술(Techniques of Guidance)' 강의와 로버트 걸링(Robert Girling) 교수의 '상담의 이론과 실제(Theories and Practice of Counseling)' 강의를 들으면서 많이 배웠다. 현재 내가 가지고 있는 상담의 근본철학을 그때 갖추게 되었다.

듀란트 교수는 '생활지도의 기술' 첫 시간에 한 학기 동안에 쓸 다섯 개의 텀 페이퍼 주제와 리딩 리스트를 주었는데 그 리딩 리스트에 열거된 책의 숫자만 보고도 기절할 지경이었다. 초조한 가운데 첫 번째 텀 페이퍼를 제출해야 하는 날짜가 다가오고 있었다. 주제는 '가이던스의 정의 중에서 세 가지를 골라 그에 대한 평가와 비판을 창의적으로 작성하라'라는 것이었다. 나는 텀 페이퍼라는 용어도 처음 듣고 써 본 적도 없기 때문에 형식을 알 리 만무했지만 최선을 다해서 나의 생각을 썼다. "학생들의 학교생활 적응과 진로 문제를 지도하고 도움을 주는 가이던스는 학교 교육의 핵심이어야 한다."는 내용의 나의 텀 페이퍼는 까다로운 텀 페이퍼 형식에 맞지 않게 타이핑되었고 문장도 유치했음이 분명했을 텐데도 듀란트 교수는 나의 페이퍼에 'A−'를 주었다. 그 평가를 받고 나는 뛸 듯이 기뻤고, 또 얼마나 감격하고 용기를 얻었는지 모른다. 지금 생각해 보면 그때 듀란트 교수의 A-점수가 내가 미국에서 계속 공부할 수 있도록 용기를 준 가장 원초적인 힘이었던 것 같다. 듀란트 교수로부터 나는 가이던스 활동의 하트(핵심)는 카운슬링이며 카운슬링은 학생들에게 필요한 많은 정보(情報, information)를 기초로 행해져야 하며 카운슬링을 통해 학생들에게 적절한 정치(定置, placement)를 해야 한다는 가이던스의 원리를 배웠다. 그때 칠판에 하트를 그리고 하트에서 양방향으로 뻗어나가는 정보와 정치의 그림을 그리던 듀란트 교수의 모습이 아직도 눈에 생생하다.

로버트 걸링 교수는 그때 박사학위를 갓 끝낸 젊은 교수였는데 매주 숙제를 엄청 내주고 철저히 점검하는 열정적인 교수였다. 카운슬링의 실제를 위해서 우리는 한 사람씩 내담자를 정하고 상담 내용을 녹음해서 제출해야 했는데 참 어려웠다. 나의 내담자는 할머니 단둘이 사는 비행(非行) 성향이 있는 소년이었는데, 그와 했던 나의 상담은 엉망이었을 것이다. 그러나 그 과정에서 나는 미국 학교에서 도움이 필요한 저소득층의 학생들에게 베풀어 주는 갖가지 특혜와 배려에 감격했고, 밉상스러운 내담자라도 절대로 포기하지 않고 한결같이 내담자를 이해하고 격려하고 지원해 주는 상담자의 지칠 줄 모르는 긍정적인 태도를 배웠다. 그리고 걸링 박사를 통해서 매회 상담 과정을 기록하는 요령과 그 중요성, 그리고 자기평가의 필요성을 배웠다.

휘지버ㄴ주립내학에서의 유희 경험은 네가 지금 현재 가지고 있는 상담에 대한 기본 철학을 발아시킨 모태(母胎)였다고 생각한다. 상담이 모든 학생의 감추어진 잠재능력을 찾게 하고 그들이 처해 있는 환경에 적응하면서 자유롭고 창의적인 행복한 인간으로 성장할 수 있도록 도와주는 학문이라는 인식은 나의 온 사고체계를 새롭게 바꾼 커다란 깨달음이었다. 휘치버그주립대학에서 공부하면서 나는 내가 상담을 전공하게 된 것에 무한한 자부심을 갖게 되었고, 그 자부심은 그때나 지금이나 변함이 없다.

1970년 휘치버그주립대학에서 가디언스와 카운슬링 전공으로 M.Ed. 학위를 받고, 그 대학의 진로지도 교수인 그린 박사의 추천으로 정말 운 좋게도 보스턴 근교의 초등학교에서 2년간 교사생활을 할 수 있었다. 지금 생각해도 내가 어떻게 그 일을 해냈는지 알 수 없을 정도인데, 아마도 나의 무지의 만용이 근본적인 힘이었던 것 같다. 나는 교과목을 가르치는 교사로서는 형편없었겠지만, 학생들 하나하나에게 많은 관심을 가지고 지도하는 상담자로서는 그리 나쁘지는 않았던지 많은 학부형들으로부터 자녀를 정성껏 보살펴 주어서 감사하다는 인사를 여러 번 받았다. 그 2년 동안 나는 미국 초등학교의 교육 내용에 포함된 세세한 언어교육과 철저한 시민정신의 기초교육을 보면서 부러웠다. 또한 초등학교에서의 상담자 역할을 관찰하면서 상담을 공부할 때보다 더 많이 상담에 대해서 배웠고 귀한 경험도 많이 얻었다.

버지니아대학교

내가 버지니아대학교 사범대학 상담자 교육과의 대학원 박사학위 과정에 등록한 것은 1971년 9월 5일이었다. 이 대학은 상담자 교육 전공 박사 과정이 사범대학에 속해 있었으므로 Ed.D.(교육학 박사) 학위를 수

여하는 대학이었다.

이 학교는 1819년에 토마스 제퍼슨이 샤로스빌에 세운 남부의 명문 대학으로 제퍼슨이 직접 설계하여 지은 캠퍼스가 아주 아름답고 주위 경관이 특히 수려한 것으로 유명하다. 제퍼슨이 설계했다는 S자형으로 구불구불한 벽돌담이 둘려진 정원과 로툰다라고 불리는 고전적인 둥근 지붕의 건물을 중심으로 기숙사 건물인 이스트 론과 웨스트 론이 양팔을 벌린 듯 서 있고, 그 주위로 대학 건물들이 마치 궁전처럼 배치되어 있어서 이 근처를 파빌리온이라고 불렀는데, 젊은 지성들의 학문의 전당이라는 함축적인 의미가 있다.

이 로툰다 마당은 학교에 상원의원이나 전직 대통령의 미망인 등 귀빈이 오거나 중요한 행사가 있을 때 가든 파티장으로 꾸며지곤 했다. 특히 부활절이 가까워 올 때는 버지니아 주화(州花)인 독우드(dogwood)가 만개하고 잔디가 푸르게 자라서 로툰다 마당은 에덴동산처럼 아름다웠다.

미국 독립선언문을 기초한 제퍼슨은 문자 그대로 다재다능한 빼어난 건축가이기도 해서 자신의 사저(私邸)인 몬티첼로도 직접 설계하고 꾸몄다는데 장엄하고 아름다운 블루 릿지 산을 배경으로 버지니아대학교가 내려다 보이는 언덕에 그림같이 보존되어 있다. 그 집의 전경이 5센트짜리에 새겨져 있다. 집 자체도 아름답지만 그 안에 갖추어진 갖가지 신기한 집기(什器)들이 매우 화려하고 우아해서 5센트짜리에 담기기엔 지나친 겸손처럼 느껴졌다.

이 학교의 또 다른 자랑거리는 앤드류 잭슨, 제임스 몬로, 우드로

윌슨 대통령 등이 총장으로 있었다는 사실과 소설가 윌리엄 포크너가 영문학과 교수로, 에드가 앨런 포가 한때 이 학교 학생이었다는 사실이다.

중앙도서관 내의 포크너 기념도서실에는 그가 보던 책들이 서가에 꽂혀 있고 그가 집필하던 책상이 그대로 보존되어 있다. 에드가 앨런 포는 이스트 론 기숙사에서 지냈다는데 그가 쓰던 방이 그대로 보존되어 있다. 대중에게 개방은 잘 하지 않아서 창틈으로 들여다본 것이 다인데 음침하고 썰렁해서 검은 고양이의 시체가 당장 벽을 뚫고 방바닥으로 굴러 떨어질 것 같이 으스스했다.

＊

석사학위를 마친 휘치버그주립대학에 비해 버지니아대학교는 상당히 많은 외국 유학생들이 서로 지적 능력을 과시하면서 당당히, 교만하다는 느낌이 들 정도로 쌀쌀하고 세련되어 있었다. 교수들도 지나치게 사무적이었고 어름어름하는 학생은 붙어 있지도 못할 만큼 냉철하고 엄격한 분위기를 풍기고 있었다. 그리고 리서치 과목을 많이 들어야 했는데 나는 통계가 너무나 어려워서 고생을 많이 했다. 통계 때문에 학위 과정을 끝내지 못하면 어떡하나 불안했으나 상담에 대해서는 좀 더 심오한 매력을 느꼈고, 그 분야 석학들의 강의를 듣고 상담의 실제를 실습 받으면서 감격했다.

그 당시 학과장이었던 윌리엄 반 후스(William van Hoose) 박사의 카운슬링 실습강의 때 받은 감동은 영원히 지워지지 않을 것이다. 그는 내담자 중심 상담의 거장 칼 로저스의 제자였으므로 그 자신이 로저리안이었고, 따라서 과 전체가 로저리안 분위기였다. 그분은 끊임없이 상담에 대해 연구하고, 계속해서 저서를 내는 정열적인 학자로 강의 시간마다 상담 분야에서 가장 최근에 발표된 논문을 거의 하나도 빼놓지 않고 소개하고 그 논문들이 게재된 정기간행물의 번호와 페이지까지도 정확하게 알려주었다. 더욱 감탄할 만한 것은 교수가 지적해 준 참고자료들이 그 어느 것 하나 예외 없이 모두 도서관에 잘 보관되어 있다는 사실이었다. 내가 대학생이었던 1958~1962년의 대학 도서관 형편만을 알고 있었던 나는 미국 대학교의 완벽하리만치 철저한 도서관 서비스에 경탄하면서 부러워했다.

이 반 후스 박사의 박사 과정 상담실습 강의는 철저하기로 유명했고, 외국인인 나에게는 위협적인 과목이었다. 세미나 형식으로 진행되는 실습시간은 학생들이 미리 시청각 자료로 준비한 자신의 역할극 형식의 상담 장면을 상영하면서 교수와 학생들의 질문, 그리고 그에 따르는 토론, 최종적으로 교수의 논평 및 총평으로 이루어지곤 했다. 1970년대 초에 이 학교에는 이미 시청각 교실이 있어서 동영상으로 카운슬링 장면을 촬영하는 기자재를 갖추고 있었다. 지금으로서는 하나도 놀라울 것이 없는 사실이지만, 그 당시에 시청각 기자재를 갖추고 있는 대학은 그리 흔치 않았다. 상담의 특성이 인간에 대한 깊이 있는 이해 그리고 섬세한 감정의 움직임을 언어로 표현해서 전달하는 과정이므로 외국인인 내가 미국인 내담자와 마주 앉아 상담을 하고 그 내용을 여러 사람과 토의하고 심사를 받는다는 것은 굉장한 부담이었다. 내가 상담했던 내담자는 날씬한 몸매와 금발, 푸른 눈의 고등학교 2학년 앤이라는 이름의 여학생이었는데 앤의 매력적인 미소가 아직도 눈에 어른거린다. 앤이 호소한 문제는 자기 남자친구에게 스웨터를 짜서 선물해야 하는데 시간이 안 맞을 것 같다는 일상적인 사소한 문제들이었다. 한국의 엄격한 교실 분위기에서 학과 공부만 강조하면서 가르쳤던 교사인 나에게는 말도 안 되는 시시한 문제여서 당황했다. 역할극 형식이기는 했지만, 부자연스러운 몸짓, 어설픈 영어, 내담자보다도 더 긴장해 있는 불안한 상담자인 나 자신을 영상으로 여럿 앞에 보여주어야 했을 때, 나는 정말 쥐구멍에라도 들어가고 싶은 심정이었다. 그런 긴장과 두려움에 싸여 어쩔 줄 모르는 나를 반 후스 박사는 "내가 만약 한국어로 상담을 한다면 지금 네가 보여주는 것처럼 할 자신이 없다. 그리고 상담은 언어와 비언어적인 행동으로 이루어지는 과정이므로 네가 내담자에게 몸 전체로 보여주는 관심과 진지한 표정으로도 내담자에게 많은 도움을 줄 수 있다고 생각한다. 앤이 겉으로 호소하는 문제의 내면에는 자신이 정말로 하고 싶은 이야기가 있을 것이라는 자세로 상담을 진행할 수도 있을 것이다."면서 나를 격려해 주었다. 그때 나는 상담자는 내담자가 호소하는 문제의 표면만을 보는 데에 그치지 말고 좀 더 깊이 있게 내담자의 전체 모습을 볼 수 있어야 한다는 것을 배웠다.

그 강의에서는 반 후스 박사와 수강생들이 일대일로 일주일에 한 번 씩 실제 면담을 해야 했다. 그 면담을 통해 나는 상담자의 태도를 배우면서 그분을 나의 진정한 상담자 모델로 여기고 그분처럼 상담하고 싶은 꿈을 갖게 되었다. 그분과 마주 앉아 있노라면 방 전체에 훈훈히 감도는 편안함과 따뜻함, 오로지 상담자와 내담자만으로 이 세상이 가득 찬 듯했다. 그리고 내 이야기를 들어줄 때의 그 진지함과 정직함, 오로지 내 말에만 귀를 기울여 주는 아름다운 열중, 나의 피상적인 말에서 나 자신도 의식하지 못하고 있었던 나의 진정한 문제의 핵심을 알게 해주는 통찰력과 혜안. 그래서 나는 내가 잃어버렸던 나의 모습을 찾을 수 있었고, 어려운 영어로 공부하면서 짓눌려 있던 자존감이 그분과 면담하는 시간에 되살아나는 기쁨을 느끼면서 용기를 얻었다. 그 면담실 분위기는 '상담은 하나의 예술이고 진정한 상담자는 그 자신이 성숙한 인간이 아니면 안 되겠구나.' 하는 진리를 철저하게 이해하게 해주었다. 그는 그의 언어로 나의 진심의 언어를 찾을 수 있게 해주었다. 나의 진심의 언어란 내가 하고 싶었던 말, 진정으로 나를 괴롭히고 있는 문제의 핵심을 표현할 수 있는 말이었다. 이상하게도 나는 반 후스 박사와 마주 앉으면 영어로도 말을 잘할 수가 있어서 그 시간을 즐기면서 다음 시간을 기다렸다. 상담학계에 널리 알려진 석학이면서도 반 후스 박사는 인간적인 훈훈함이 넘치는 분이었다. 학기가 끝날 때마다 그의 강의를 들었던 학생들을 자기 집으로 초대해서 '가든 파티'를 열어주고, 학생들과 더불어 기타를 치며 흥겨운 노래를 부르고, 서재를 공개해 그의 장서들을 둘러보게 했다. 그로부터 들었던 강의 내용보다도 그와 가졌던 면담, 그가 베풀어 준 인간적인 배려가 이토록 오래 내 마음속에 기억되고 있다. 나는 지금도 상담 장면에 처하게 되면 내 모습을 나와 상담하던 때의 반 후스 박사의 모습에 대입시켜 보곤 하는데, 그럴 때마다 '나는 아직 멀었구나.' 하는 생각이 든다. 그러나 내가 품고 있는 상담자의 이상적인 모습은 반 후스 박사의 모습으로 고착되어 있으므로 나는 그분을 닮으려는 노력을 계속할 것이다.

버지니아대학교 사범대학에서 그 당시 유명했던 교수는 프랭크 워드(Frank Ward) 박사였는데 그분에게서 나는 성격심리 이론을 들었다. 한국에서도 교과서로 많이 쓰이는 Hall & Lindzey의 *Theories of Personality*를 주교재로 썼는데 내게는 참으로 유익했다. 그 강의를 통해서 나는 프로이트, 매슬로, 로저스, 아들러, 호나이, 에릭슨, 프롬, 올포트, 펄스, 융, 프랭클 등의 복잡하고 정교한 성격이론들을 공부하는 가운데 인본주의 심리학자들의 성격이론에 심취했다. 결론적으로 나는 이 강의를 통해서 인간은 유한한 삶을 살지만 무한한 잠재능력이 있으며 인간 능력의 높이와 깊이와 넓이는 무한하기 때문에 적절한 때에 적절한 도움을 받으면 그 능력은 만개할 수 있다는 확신을 얻었다. 그 후에 듀웨인 슐츠(Duane Shultz)[3]가 쓴 건강한 성격을 탐색하는 성장심리학을 번역 출판하게 되면서 성장심리학이 내가 가지고 있는 상담철학의 기본을 이루는 이론으로 정착되었다. 어렸을 적 부모의 양육 태도에서 긍정적인 동기를 심어주는 것이 얼마나 중요한가를 깨달았고, 어떤 개인에게 있어서나 그의 현재는 과거의 산물이며, 선

3. 듀웨인 슐츠, 이혜성 옮김, 성장심리학, 이화여자대학교 출판부, 2008

의의 동기가 그 사람의 앞날을 좌우하는 방향타이며, 진심으로부터의 정직한 격려와 끊임없는 지원이 한 사람의 진로를 결정하는 요체라는 사실과 결국 자기 자신이 든든하고 건강해야만 충분히 기능하며 살면서 자아실현을 하게 된다는 나 나름대로의 인간관을 정립시킬 수 있었다. 이러한 골격들이 오늘날 내가 상담자로서 인간을 이해하는 근본틀을 형성하게 한 원동력이고 나 자신을 인본주의자로 스스로 인정하게 하는 근거라고 믿는다.

우리 과의 유일한 여교수 쥬넷 브라운(Jeanett Brown) 박사에게서는 상담의 철학적 배경을 수강했다. 1950년대에 미국에서 맹렬한 속도로 발전하기 시작한 비교적 신학문인 상담의 철학적 배경을 이해할 수 있게 해준 좋은 강의였다. 날씬한 금발의 중년 독신 브라운 박사는 당당하고 카리스마 넘치고 매력적이어서 인기가 대단했다. 웅장한 크기의 링컨 컨티넨탈을 타고 품격 있게 장식된 저택에서 살고 있는, 가진 것도 많고 아는 것도 많은 여자였다. 그 강의를 통해서 내게 각인된 상담의 철학적 배경으로는 본질주의와 진보주의 그리고 실존주의라고 할 수 있다. 만물의 영장인 인간은 시공을 초월한 절대적인 진·선·미를 추구하는 가치 있는 존재이다(본질주의). 그러나 인간은 끊임없이 변화하는 세계 속에서 적응하면서 살아야 하기 때문에 현실적인 지각과 자기 자신에 대한 인식이 필요하고, 이 적응과 자기인식이 잘 이루어지지 않을 때 갖가지 징애니 문제를 얻게 되며 효율적으로 기능을 발휘할 수가 없기 때문에 새롭게 진보해야 한다(진보주의). 이러한 장해나 문제를 제거하기 위해서 누군가의 도움이 필요한데, 그 최종적인 결정은 스스로가 선택해야 하고 선택한 결단에 대해서는 책임을 져야 하는데 이것이 개인의 실질적인 존재의 의미이다(실존주의). 이 철학적인 개념을 상담 장면에 대입시켜 보면, 어느 내담자가 상처받고 좌절된 모습으로 상담자를 찾아왔다고 가정하자. 상담자는 이 내담자의 현재 모습이 아무리 초라하고 혐오스럽게 보이더라도 본질적으로 그는 만물의 영장이며, 절대적인 진선미를 추구하는 가치 있는 존재로 존중해 주어야 한다. 왜냐하면, 이 내담자는 지금 현재 그가 처한 환경에 잘 적응하지 못해서 자신의 효율성을 발휘하지 못하고 좌절하고 있기 때문이다. 이를 도와주기 위해 상담자는 그에게 필요한 정보와 상담을 제공해야 하는데 그 과정에서 내담자 스스로가 자신의 참 존재(실존)를 인식하고, 자신의 자유의사로 결단을 내려 선택하고 그 선택에 대해서는 책임을 지도록 도와주어야 하는 것이다. 이것이 상담을 실시하는 상담자의 기본적인 철학이다. 나는 모든 상담자에게 이러한 기본적인 철학적 신념과 자세가 확립되어야 한다는 사실을 브라운 박사에게서 배웠다.

버지니아대학교에서 잊을 수 없는 또 한 분은 내 박사논문 지도교수 리처드 비어드(Richard Beard) 박사이다. 그분으로부터는 진로 및 직업지도 상담 과목을 수강하면서 학생 면접, 학생의 문제 인식 및 그 해결 또는 결정 과정들을 배웠다. 그분 역시 훌륭한 상담자였다. 내담자에게 완벽한 주의와 관심을 쏟는 그분의 태도는 정말로 배우고 싶은 상담자의 태도 그 자체였다. 그로부터 들은 강의는 별로 인상에 남지 않지만 논문을 쓰느라고 지독히 고생하고 있을 때 그가 베풀어 준 학자적인 지도와 인간적인 배려는 영원히 간직될 귀한 추억들이다. 논문이 완성될 무렵에는 거의 밤잠을 설치면서 쩔쩔매는 내게 그 교수는 잊지 않고 메모를 적어서 내 메일 박스에 넣어 주시곤 했다. 그 메모는 항상 "혜성, 논문도 중요하지만 네 건강은 그 몇 배나 중요해요. 맘 편히 생각해요."로 끝맺곤 했다. 워낙 감격을 잘하는 나는 그 메모를 눈물겨운 심정으로 받곤 했다. 그 메모들은 지금도 내가 간직하고 있는 정서적인 기념품들 가운데 노랗게 변색된 채 보존되고 있다. 내가 버지니아대학교를 떠난 것이 1973년인데 해마다 비어드 교수는 그의 근황을 알리는 길고 자세한 편지를 잊지 않고 보내주셨는데 몇 년 전에 타계하셨다.

✳

박사학위 논문을 쓰는 과정 중에 참여했던 집단상담 경험을 빼놓을 수 없다. 이 집단상담의 명칭은 'Human Potential Seminars'였다. 일리노이 에반스 대학의 제임스 맥홀랜드(James McHolland) 교수가 개발한 프로그램이다. 나는 이화여대에서 이 프로그램을 우리 현실에 맞도록 변경시켜 '잠재력 개발 집단상담'이라고 명명하여 실시했다. 그 프로그램의 주요 개념은 우리들이 흔히 자신의 모든 것을 회상할 때 대부분 '무엇이 나빴는가'에 치중하기 쉬운데, 이것을 '무엇이 옳았는가'로 바꾸면서 자기 자신에게 숨겨져 있는 잠재능력을 개발하여 자기긍정, 자기결정, 자기동기화, 타인에 대한 공감적 이해 등에 대한 단계적인 훈련을 해보는 것이다. 지금의 내가 있기까지 나에게 도움이 되었던 사람들과 사건, 나의 미래, 내가 중요시하는 가치관, 그리고 그를 얻기 위한 선의의 전략들을 긍정적인 방향으로 생각하고 연습할 수 있도록 계획된 이 집단상담 경험은 당시 논문 때문에 잔뜩 위축되어 있던 나에게 새로운 활력을 재충전시켜 주는 원천이었다. 나는 일주일에 한 번씩 이 집단상담에 참여하면서 그동안 쌓였던 좌절감과 외로움과 자기비하감을 그 자리에서 토로했고 집단원들로부터 따뜻한 격려와 위로를 받았다. 나는 내가 아무리 어리석은 이야기를 꺼내더라도 이들로부터는 무안을 당하지 않으리라는 안도감과 확신을 가질 수 있었다. 그 이유는 그들의 경청하는 태도 때문이었다. 그래서 나는 마음 놓고 내 이야기를 쏟아 놓으면서 나 자신의 생각을 정리할 수 있었고, 그 자체로 인해 스스로 치료가 되기도 했다. 이 경험을 통해서 나는 개인상담보다 집단상담의 효과가 더욱 클 수 있다는 확신도 얻었다. 만약 개인상담을 했다면 나는 상담자 앞에서 이렇게 자유롭게 내 이야기를 털어놓기 어려웠을 것이고, 설령 그랬다 하더라도 내 앞의 상담자 한 사람에게서 받는 피드백이 집단의 여러 사람으로부터 받는 피드백보다 더 효과적일 수는 없을 것이라는 확신 때문이었다. 나는 이 집단 경험을 통해서 상대방의 고뇌에 공감하는 훈련과 진지하고 충성스러운 격려의 방식, 그리고 상대방을 이해하고 인정하는 표현력 훈련을 받을 수 있었고, 실지로 그런 과정을 통해서 많이 도움을 받았고 또 많이 성장했다.

　박사학위 논문은 '외국 유학생들의 자아개념'에 대해서 썼다. 본국에서는 엘리트로 인정 받으면서 긍정적인 자아개념을 가지고 있었던 학생들이 외국에 와서 언어를 위시한 많은 생소한 환경의 변화로 좌절하고 그로 인해 자아개념에 어떤 영향이 있지 않을까에 대해서 연구하고 싶었기 때문이었다. 그러나 연구 결과, 현재의 장해 때문에 자신이 구축하고 있는 근본적인 자아개념은 변화되지 않는다는 것이 검증되었고, 긍정적인 자아개념을 가진 사람은 환경이 아무리 변해도 그것을 이겨낼 수 있는 건설적인 책략을 가지고 건강하게 그 장해를 이겨낼 잠재적인 힘이 있다는 것을 확인하였다. 결국 인간은 자신이 건강하고 튼튼해야 한다는 나의 근본적인 생각이 확립된 셈이었다. 긍정적인 자아개념을 형성하는 데에는 가정과 주위로부터의 인정과 격려와 사랑이 중요한 역할을 한다는 사실 또한 재확인되었다.

6년간 상담에 대하여 공부하면서 나는 나름대로 인본주의 심리학과 인문학적인 토대 위에서 상담에 대한 신념을 구축하게 되었다.

- 상담은 인간을 존중하고 사랑하면서 인간 능력이 도달할 수 있는 무한한 깊이와 높이와 넓이를 지향하는 인간들의 노력으로 성장하는 학문이다.
- 상담의 기초는 인간은 태어날 때부터 그 안에 천부적인 능력을 가지고 있는 존재라는 인간 전체에 대한 긍정적인 믿음에 있다.
- 상담이론의 근간은 적절한 때에 적절한 도움을 받으면 개인은 자신의 잠재능력을 발견하고 개발하여 더 나은 미래를 설계할 수 있는 힘이 있다는 성장심리학에 기초를 두고 있다.
- 상담자는 내담자가 자신의 존재 의미와 존재 가치를 인식하는 주

체성을 확립하고 타인과의 관계를 회복할 수 있도록 도와주는 동행자이며 격려자의 역할을 하는 전문가여야 한다.

■ 결론적으로 상담은 인간의 인간되기를 도와주는 노력 그 자체이다. 인간이 각각 천부적으로 소유하고 있는 독특한 잠재능력을 최대한으로 개발하여 존엄성과 가치를 극대화하면서 성숙한 삶을 이끌어 주는 노력이라고 생각한다. 그러므로 삶의 시작은 상담이다.

나는 미국에서 공부하는 동안에 모든 일을 보다 훌륭히 이루어 내려는 미국인들의 부단한 창의성과 언제 어느 곳에서나 남을 돕기에 조금도 인색하지 않는 협조적인 생활 태도를 배웠고, 사적인 감정이나 아첨 따위로 사람을 평가하지 않고 개인의 능력대로 인정하는 분위기를 만끽했다. 아름다운 캠퍼스, 중후하고 품위 있는 전통, 고귀한 아카데미즘의 실현, 그 속에서 피어나는 지성의 만개(滿開). 그런 환경 속에서 나는 사소한 일에도 감격하고 평범한 사람들에게서도 감동을 받으면서 내가 원했던 공부를 했고 목표했던 교육학 박사학위를 받았다.

상담의 철학과 과정과 목표에 매료되어 공부를 마치고 학위를 취득하자 나는 이 학문을 한국의 대학교에 가서 가르치고 싶은 열망을 품게 되었다. 영어로는 표현하기 어려운 상담의 절묘한 이론과 과정과 목표를 우리말로 신나게 강의하는 내 모습을 상상하는 것만으로도 내 마음은 두근거렸다.

감사하게도 이 꿈이 이루어져서 나는 서울여자대학교로부터 1974년

3월에 교육심리학과 교수로 채용하겠다는 연락을 받고 1974년 2월 말에 귀국하였다. 한국을 떠난 지 6년만이었다.

⁜

상담을 가르치며

서울여자대학교 시절

나의 대학교수생활은 1974년 3월 2일에 서울여자대학교 교육심리학과 조교수로 임명되면서 시작되었다. 그때 나는 갓 박사학위를 취득한 의기충천한 젊은 교수로 새로운 학문에 대한 신선한 열의를 가지고 흥분된 마음으로 첫 학기에 상담심리, 성격심리, 생활지도를 강의했다. 매일매일을 수험생처럼 열심히 공부하여 강의 준비를 했고 매 시간을 마치 특강을 하는 기분으로 열강을 했다. 그때의 강의 노트가 내 25년 교수 생활의 원전이다. 학생으로 공부하면서 어렴풋하게 이해했던 상담심리와 성격심리, 생활지도 등의 내용이 강의를 하면서 뚜렷하게 이해되고 그 참 의미를 마음 깊이 음미할 수 있었다.

그 당시 내게서 강의를 들었던 교육심리학과 3학년과 4학년 반에서 서울여자대학교 교수가 3명이나 탄생되었음이 나의 큰 자랑이며 보람이다. 그들은 지금 서울여자대학교의 중진교수인 장연집 교수, 김유숙 교수, 박경 교수이다. 내가 그들을 직접 교수로 키운 것은 아니지만, 그들이 언젠가 "선생님의 열정적인 첫 학기 강의가 저희들의 진로에 끼친 영향이 컸어요."라고 한 말을 나는 내게 수여된 훈장처럼 자랑스럽게 생각하고 있다. 나는 그 당시 교지인 '서울여대'의 편집 책임교수이기도 했었는데, 그때 편집위원이었던 학생들과 어울려서 여러 가지 일을 기쁘고 신나게 했고, 그 일이 인연이 되어 50대 후반에 이른 중년 여성들인 그들과 지금도 친구처럼 지내고 있다. 초대 편집장이었던 유인순 씨는 2010년 한국상담대학원대학교 첫 입학생으로 들어와서 2012년 첫 졸업생이 되었고, 지금은 그 딸이 우리학교 박사과정에서 공부하는 귀한 인연을 맺고 있다. 그 이듬해의 편집장이었던 학생은 지금 서울여대 영어영문과의 이귀우 교수이다. 이 교수는 내게서 직접 강의를 들은 적은 없지만 나는 이 교수를 나의 직계제자인 것처럼 자랑스러워하고 있다.

그 당시 서울여대는 참으로 소박하고 순수하고 맑은 작은 규모의 여자대학이었다. 초대 학장인 고황경 박사는 여성들이 사회를 위해 공헌할 수 있는 가장 중요한 역할은 '훌륭한 어머니'의 역할이고 그러기 위해서 대학 교육은 학문과 일상생활을 조화시킬 수 있는 방향으로 짜여져야 한다는 실용적인 교육관을 가지고 계신 분이었다. 학문과 일상생활을 접목시키려는 탁월한 교육 이념으로 서울여대생 전원에게 2년간의 생활관 교육과 2년간의 실습주택 생활을 필수과목으로 부과했다. 또한 학과 수업 이외에도 사회봉사 활동과 수영, 자전거 타기 등의 체육 과목을 이수해야 했다. 자연히 규율이 엄격했고, 이 모든 규율이 갓 대학에 들어와 자유로운 생활을 꿈꾸는 여학생들에게는 쉽지가 않아서 상담자의 역할이 참으로 필요했다. 교육심리학과 교수이며 상담자였던 나는 생활관 학생들을 위해서 많은 상담을 실시하면서 그들의 고뇌를 이해하고 공감하면서 지냈다.

이화여자대학교 시절

이화여자대학교에는 1977년 2학기에 왔다. 그로부터 정확하게 23년 6 개월간, 나의 전 생애의 3분의 1에 해당하는 시간을 이화여대에서 보냈다.

이화여대에 와서 교수의 경력이 쌓이면서 나는 더욱 상담의 철학과 인간에 대한 신비로운 의문에 깊이 심취하면서 상담심리와 성격심리 강의를 정열적으로 했다. 특히 상담의 철학적 배경과 역사적인 발달 과정을 신나게 강의했고, 인본주의 심리학자들인 매슬로의 '자아실현의 인간', 로저스의 '충분히 기능을 발휘하는 인간', 올포트의 '성숙한 인간', 프롬의 '생산적인 인간', 융의 '존재의 개별화를 이룬 인간', 펄스의 '지금 여기의 인간', 프랭클의 '자아초월의 인간' 등을 강의할 때는 인간 능력의 깊이와 높이와 넓이의 한계 없음에 시간마다 감동하면서 나 자신이 몰입하여 강의하곤 했다. 상담자로서 나는 인본주의 심리학자들이 제시하는 '건강한 성격'이 바로 상담에서 내담자들에게 되돌려 주고 싶은 성격의 모형이라고 확신한다.

나는 상담은 실습 경험이 무엇보다도 중요하다고 믿는다. 그러나 현실적으로 대학이나 대학원 과정에서 이러한 실습을 하는 일은 물리적으로 불가능한 것이 사실이었다. 한 사람의 教授가 40여 명의 학생에게 시청각 자료는 커녕 실습실조차도 없는 상황에서 상담실습을 지도한다는 것은 어불성설이었다. 그래서 나는 학부와 대학원을 연계하여 '개인 및 집단 상담실습'과목을 운영하였다. 내가 대학원 수강학생(대개 5~7명)을 대상으로 집단상담(잠재력 개발 집단상담 프로그램과 심리극 프로그램)을 실시하고, 그 경험을 바탕으로 대학원 학생들이 학부학생들(5~6명 집단)과 집단상담을 하면서 내담자로서, 상담자로서 역할 연습을 하면서 개인 상담실습도 병행하도록 담당교수인 내가 슈퍼비전을 주었다. 대학원 학생들은 3학점을 따기 위해 6시간을 써야 하지만 실질적인 경험을 한다는 점에서 대개 좋게 평가하였고 학부생들 또한 특이한 학습 경험이라고 하여 좋아하였다.

또 특수 분야 상담을 대학원 과정에 개설하여 여성상담, 노인상담, 장애아상담 등의 변화하는 상담 분야에 관심을 가지고 연구했다. 이런 과정을 통해 나는 학부와 대학원 학생들과 격의 없이 사귀기를 힘쓰면서 좋은 교수가 되려고 많이 노력했다. 돌이켜 보면 나는 학술적인 논문을 쓰거나 읽기보다는 학생들을 가르치고 그들과 인간적으로 사귀는 것을 더 좋아하는 교수였다.

나는 상담 관련 논문을 많이 쓰지 못하고, 저서도 출판하지 못한 교수였으나 다행히 이화여대출판부의 도움으로 그동안 심리학과 상담에 관한 책들을 번역해서 출판하였다. 에이브러햄 매슬로의 존재의 심리학, 윌리엄 반 후스의 완전한 카운슬러, 듀웨인 슐츠의 성장심리학, 케이 듀오의 남녀의 행동 연구, 코르시니의 다섯 명의 치료자와 한 명의 내담자, 클라크 무스타카스의 인간적 성장 등이 그 책들인데, 상담과 심리학의 석학들이 저술한 책을 우리말로 번역하는 일은 어려웠으나 그분들의 생각을 우리 독자들에게 소개할 수 있다는 보람은 컸다. 다른 사람의 생각을 우리말로 옮기느라 정작 나의 생각을 논문으로 쓰거나 책으로 만들어 내지 못해서 지금 많이 아쉽다. 그러나 근본적으로 나는 연구방법론이나 통계에 대해서 자신이 없었기 때문에 나에게는 일종의 논문 콤플렉스가 있었다. 나는 상담 과정과 결과를 좀 더 깊이 있게 연구해 보고 싶은 욕망은 강했으나 그 방법이 명확하지 않았다. 상담 과정과 결과는 상담자와 내담자가 만들어 내는 관계의 질에 따라서 좌우되는 것이고, 상담자와 내담자의 관계는 참만남, 순수성, 정확한 공감, 긍정적이고 무조건적인 관심이 핵심이고 상담의 결과는 내담자의 성숙도로 평가되어야 하는데, 이런 복잡 미묘하고 섬세한 과정을 측정하고 수치화하여 통계로 처리하고 해석하는 양적 연구방법으로만 진행되는 것이 좀 불만이었다. 그래서 상담에 관한 논문을 많이 쓰지 못했고, 상담 내용과 과정에 대한 나의 영글지 못한 생각들을 인쇄해서 책으로 출판할 용기도 없었다. 내가 쓰는 책이 공연히 출판물 공해에 보탬이 되어서는 안 되겠다는 자각이 나의 게으름을 정당화시켰다.

상담 분야에서 내가 관심이 있었던 여성상담과 청소년상담에 대해서 쓴 논문들은 근본적인 통계처리를 했다. '여자 교수의 성취동기에 관한 사례연구', '한국인의 여성에 대한 태도 연구', '집단상담이 여성의 자아개념 확립에 끼치는 영향에 관한 연구', '상담의 여성성과 여성상담' 등의 여성상담 논문과 '청소년의 기성세대관', '한국 어린이의 종합적 진단' 등의 청소년상담에 관한 논문들이다.

또한 나 자신이 박사학위 논문을 쓸 때 적절하게 도움을 받았던 집단상담 프로그램인 'Human Potential Seminars'를 우리나라 상황에 맞도록 수정 보완하여 '잠재력 개발집단'이라고 명명하고 이화여대생을 대상으로 1980년부터 매 학기 계속했다. 이 집단상담의 성과검증이 석·박사 학위논문으로 몇 편이 발표되었다.

이화여대에 23년 6개월 있으면서 학생생활지도연구소(학지연) 소장으로 1980년부터 1989년까지 9년간, 정말로 기쁘고 즐겁고 보람을 느끼면서 일했다. 그때 같이 일했던 제자이면서 직원이었던 동료들과 연구소를 드나들었던 학부와 대학원 학생들, 그리고 상담 전공으로 석사·박사학위를 취득한 제자들과의 사귐은 정말로 귀중한 자산이라고 늘 자랑스럽게 생각하고 있다. 1980년대는 국가적으로나 개인적으로나 격동의 시기였다. 국가적으로 1981년은 졸업정원제가 실시되는 해였고 그로 인해 대학 사회는 큰 변화를 겪어야 했다. 졸업정원의 두 배 숫자로 입학한 학생들은 졸업을 제대로 할 수 있느냐 없느냐로 대학생활을 즐기기보다는 무자비한 경쟁 속에서 황폐한 생활을 할 수밖에 없는 지경이었다. 학생들은 학점에 집착했고 교수와 학생 간의 인간적 유대는 먼 나라 이야기였고 교우 간의 경쟁 의식도 치열했다. 자연히 학지연의 역할도 많은 굴절을 경험해야 했다. 그러나 위기는 기회라는 말대로 학지연은 여러 프로젝트를 새롭게 계획하면서 어려움 속에서도 신나게 일하면서 즐거울 때가 많았고, 그때의 우리들은 소장과 연구원이라는 지위를 잊은 채 매일매일을 공적인 일이나 사적인 일을 거리감 없이 이야기하면서 연구소 일을 열심히 재미있게 했다. 그래서 이화여대의 학지연은 전국에서 가장 훌륭한 학생지도를 한다는 평가를 받기도 했다. 해마다 정신건강주간을 열고 전교 학생들에게 정신건강에 대한 캠페인을 벌였고, 사이코드라마를 공연했다. 교수와 학생들 간의 자유로운 대화를 목적으로 소집단 대화의 모임을 정규적으로 개최했고, 모든 여학생의 관심사인 취직 문제를 위해서는 취업정보보고회와 대기업의 신입사원모집 계획 등을 대기업의 인사담당자들을 초빙하여 수시로 개최하기도 했다. 'United Board of Higher Education'의 지원을 받아 여대생 취업가이드를 단행본으로 만들었던 기억을 귀중하게 간직하고 있다. 이 기간이 나의 이화여대 교수 생활의 황금기였다. 이 모든 일에 대해서 깊은 감사의 마음을 가지고 있다.

25년 넘게 나는 여자대학에서 상담심리학을 강의하고 연구하고 많은 여성을 만나서 상담을 하면서 그들의 깊은 상처와 고통스러운 좌절과 해결되지 않는 분노를 보고 들었다. 이들이 '여성'이기 때문에 특별히 더 아프게 당해야 했던 많은 상처와 좌절과 분노를 대하면서 나는 여성상담에 관심을 갖게 되었다. 여성상담은 '여성이 여성다우면서도 여성이라는 성역할에 구애받지 않고 인간으로 성숙한 삶을 살 수 있도록 도와주는 과정'으로 정의한다. 나는 여성상담을 여성주의에 입각한 상담으로 규정하는 데에는 동의하지 않는다. '어떤 특정한 기법이 여성상담에 적합할 것인가'에 대해서는 몇 가지 상담이론을 응용하여 단계적으로 개별적으로 상담히는 방법이 효과적인 것이라는 확신을 가지고 있다. 나는 앞으로 좀 더 깊이 있게 여성상담의 이론과 실제를 학문적으로 연구하는 학자들이 나오기를 기대하고 있다.

그동안 많은 학생들의 석사·박사학위 논문을 지도했다. 박사학위를 받은 제자들은 지금 한국의 상담심리학계에서 인정받으면서 활발한 활동을 하고 있다. 강원대의 최윤미, 한국상담대학원대학교의 강순화, 프리랜서로 일하는 이은순, 아주대의 이규미, 고려사이버대학교의 지승희, 명지대학교의 이은경, 아주대학교의 김영혜, 가정법원 조사관인 김은영, 계명대학교의 손은정 등이 자랑스러운 나의 제자들이다. 이규미, 최윤미, 이은경은 한국상담심리학회의 회장을 역임했고 이규미는 지금 한국심리학회 회장으로 활약하고 있다. 이들을 보면서 나는 문자 그대로 '청출어람(靑出於藍)의 진리를 체득하고 있다.

나이가 들어가면서 내가 누리는 큰 기쁨 중의 하나는 나와 같은 길을 가고 있는 나의 제자들과 동료들과 한자리에서 상담에 관해 담소하는 일이다. 나는 이들과 함께하는 모임을 '지음회(知音會)'라고 명명하고 기회 있을 때마다 이들과 담소하는 청복을 누리며 살고 있다. 지음(知音)은 나의 아호이다. 지음은 중국고사에서 연유된 '마음과 뜻이 통하는 친구'라는 뜻이다. 상담을 공부한 상담자인 나는 누구에게나, 특별히 내가 귀히 여기는 사람들에게 '지음'이 되고 싶기 때문에 이 아호는 참 마음에 든다.

한국청소년상담원 시절

1998년부터 2005년까지 7년간 한국청소년상담원 원장으로 지냈던 시간은 즐겁고 보람 있는 내 인생의 황금기였다. 나는 청소년상담에 대해서 깊은 관심을 가지고 청소년상담의 핵심 목표를 청소년들의 내부에 잠재해 있는 '성장하고자 하는 힘'을 이끌어 내는 데에 중점을 두었다. 청소년상담은 청소년기에 특별히 강하게 나타나는 정신적, 심리적, 신체적인 특성인 포부, 탐험, 의욕, 용기, 정의감, 노력, 자신감 등을 길러주는 데에 초점을 맞추어야 한다는 생각에서 청소년기의 이러한 정신적인 특성을 청소년성(靑少年性)이라 명명하였다. 청소년성을 밝고 긍정적이며 미래 지향적인 의미를 가진 것으로 해석하면서, 청소년상담은 "청소년들로 하여금 자신만이 가진 창조적 재능을 살려내는 자기 개발과, 삶을 사랑하고 더불어 사는 마음을 키우는 관계 개발을 통합하면서 창의적으로 자기를 실현하는 일", 즉 청소년성을 찾아주는 데에 그 초점을 맞추는 것으로 정의하였다.

청소년들 내부에 존재하는 무궁무진한 카오스(chaos)적인, 강렬하나 무질서한, 정리되지 않은 힘은 시간이 흐르면서 자연적으로, 또는 좋은 방향으로 이끌어 주는 타인의 도움을 받으면 엄청난 창조적이고 건설적인 건강한 힘으로 표출될 수 있다는 확신을 갖게 되었다.

나의 청소년상담에 대한 이러한 신념이 열매를 맺은 것이 2003년부터 실시된 청소년상담사 국가자격검정제도라고 할 수 있다. 이 제도의 시행은 청소년을 상담하는 상담자는 전문가여야 한다는 개념으로 '청소년을 위해' 일할 사람들의 선발과 양성이 국가적으로 중요한 일이라는 우리의 주장을 국가가 받아들였다는 점, 또 일부 문제 청소년만이 아니라 모든 청소년의 삶의 질 향상을 위한 제도적 지원의 첫발을 내딛는 방법으로써 청소년의 마음에 다가가서 그들의 내부에 존재하는 성장욕구를 길러주는 청소년상담의 중요성에 대한 우리의 주장이 인정되었다는 점에서 단순히 자격증이 하나 더 생기는 것 이상의 의미가 있다고 확신한다. 청소년상담사 자격증을 국가에서 수여하는 일은 우리나라 상담의 학문적 위상과 상담사의 역할을 상승시키는 진폭제가 되리라고 기대하면서 내가 원장으로 있는 동안에 이 제도가 실시되었다는 점에 대해 무한한 자부심을 느낀다. 그러면서도 인생의 그 어느 단계보다 더 왕성하게 정신적으로 신체적으로 발달하고 있는 청소년들의 깊은 내적인 욕구를 충족시켜 줄 수 있는 깊이 있는 상담은 어떻게 해야 할 것인가라는 의문을 늘 가지고 있다.

한국청소년상담원에서는 10여 명의 상담 박사학위 소지자와 30여 명의 석사학위 소지자들이 국가 차원에서 청소년들을 위한 상담 정책을 세우는 데 협력했고 대한민국의 청소년들이 당면하고 있는 정서적 갈등과 진로 문제 등을 주제로 청소년상담을 학문적으로 연구하여 청소년상담 시리즈를 비롯한 다양한 연구 결과를 출판했다. 또한 상담교수들과 청소년 관계 인사들이 한자리에서 청소년문제토론광장과 특수상담사례연구발표회를 정기 개최했고, 전국적으로 또래상담을 활성화시키고 전문직 자원 봉사자 대회를 열고, 품성계발 교육을 보급시키고 명예청소년상담사를 위촉하기도 했고, 학부모와 청소년 지도자들을 위한 교육과 강연회를 수시로 열었다. 또한 전국 16개 시도에 설치된 청소년상담기관을 돌아보고, 여러 가지 행사를 계획하고 실행했다. 정보화시대에 발맞추어 인터넷 카운슬링(youconet)을 처음으로 실시하기도 했다. 이런 모든 일을 추진하는 동안에는 보람을 느꼈지만 모든 일을 마치고 나서는 이 모든 것이 청소년의 진정한 욕구를 인식하지 못한 채 '말의 향연'과 '일회성 행사'에 그치고 말았다는 점에서는 안타까웠다. 또한 한국의 청소년들이 실제로 겪고 있는 고뇌와 갈등을 겉으로만 다룰 수밖에 없는 실정을 보면서 나는 우리나라 청소년들이 공부, 또는 일류학교 진학이라는 엄청난 부담 때문에 빛나야 할 청소년기를 저당 잡힌 채 살아가고 있음을 절실히 느꼈다. 청소년들의 정신세계를 성숙시켜 줄 수 있는 밀도 있는 대화를 하면서 그들의 내부에 잠재해 있는 청소년성을 키워줄 수 있는 상담 방법을 모색하려고 노력했으나 내외적인 환경조건을 극복하기란 쉬운 일이 아니었다. 그런 아쉬움을 뒤로하고 2005년 7월 원장직에서 정년을 맞이해야 했다.

02

나의 상담

지난 40여 년간 상담을 배우고 가르치면서 나는 보람과 기쁨을 느끼며 살고 있다. 내가 쌓아온 상담에 대한 근본 신념은 상담이 인간에게 힘과 용기를 주고, 인간을 인간답게 살도록 도와주는 학문이며 나로 하여금 성숙한 삶을 살도록 이끌어 주는 존재방식이라는 것이다. 상담은 불완전한 상태로 태어난 인간이 삶 속에 응축되어 있는 가능성을 발견하여 자기다운 삶을 구축해 갈 수 있도록 자기주체성을 확립하고 관계성을 회복하여 잃어버린 자기 자신과 자기 언어를 찾아주는 힘 있는 학문이다. 인간을 깊이 있게 이해하고 눈에 보이지 않는 다채로운 내면의 세계를 인식하기 위해 나는 끊임없이 노력하면서 상담자다운 성숙한 삶을 지향하면서 살기 위해 노력하고 있다.

상담은 인간의 삶을 의미 있는 과정으로 창조해 가는 것을 품격 있게 도와주는 데에 초점을 맞추는 학문이다. 이러한 상담학이 직면하게 되는 도전은 인간이 복합적이고 예측불허하며 무궁무진한 잠재능력을 지닌 존재라는 사실과 그런 인간이 살아가야 하는 세상이 우리가 알고 있는 언어로는 표현할 수 없을 정도로 걷잡을 수 없이 빨리 변하며 그 안에서 겪게 되는 갈등 또한 복잡다단하다는 점이다. 이러한 점 때문에 실존주의 정신분석가들은 '임상 너머(meta-clinic)'[4] 인간과 인간이 진정으로 만나는 치료 관계에 대해 강조하고 있으며, 상담에서도 내담자들을 상담하는 내용과 과정에 계속해서 새로운 변화와 발전이 요구되고 있다.

상담은 역사가 짧은 학문이지만 현재 우리 사회에는 상담에 대한 요구와 관심이 놀랍도록 증가하고 있기 때문에 인간과 인간관계에 좀더 깊이 연구하면서, 인간을 인간답게 성숙하도록 도와주는 학문으로 새롭게 인식되어야 한다고 생각하고 있다. 상담 슈퍼비전을 주면서 내가 가장 아쉽게 생각하는 것은 상담 과정에서 '인간'은 보이지 않고 '인간이 호소하는 문제'만 둥둥 떠 있다는 것이다. 대개의 예비 상담자들이 자신의 상담 과정의 녹취록 정리에 많은 시간을 할애하느라고 정작 내담자를 '인간'으로 보고, 그 인간을 깊이 있게, 입체적으로

4. "meta-clinical problems"(Frankl, 2006, p.116)

이해할 수 있는 훈련에는 부족한 점이 많다고 토로한다. 이러한 상황은 상담자 교육 내용에 대한 보완을 더욱 시급하게 만들고 있다. 상담을 받으려는 사람들과 상담을 배우려는 사람들이 크게 증가하고 있는 지금이야말로 우리 사회에서 상담이 좀 더 차원 높은, 인간을 인간답게 성숙하도록 도와주는 학문으로 인식되도록 재확립해야 할 때라고 생각한다. 상담은 인간을 입체적으로 이해하고 내담자들이 근본적으로 추구하고 있는 인간 실존의 의미와 존재 가치에 대해서 깊이 천착할 수 있는 상담으로 도약해야 한다. 이를 위한 방법의 하나로 상담에 인문학을 융합하는 인문상담을 개발하고 연구하는 것이 필요하다고 믿는다.

상담자가 상담 과정에서 상담이론이나 상담 기술을 활용하는 것 이전에 인간에 대한 깊이 있는 이해와 사랑을 체질화할 수 있도록 인문학 공부를 하는 것이 필요하다. 상담자는 상담을 심리학의 일부로 인식하는 데에 그치지 않고 인문학적인 배경을 가지고 내담자가 자신의 존재에 대한 철학적인 사유의 힘을 길러주고 자신을 정확하게 표현할 수 있는 문학적인 훈련을 쌓아가도록 도울 수 있어야 한다.

상담자는 특별한 장치나 강력한 도구를 사용하지 않으면서 내담자와 일대일로 만나는 상담 관계를 이루고, 상담 언어로 서로의 말을 경청하고 이해하고 공감하면서 인간과 인간관계의 내면 세계를 탐색한다. 상담은 한 번으로 끝나는 일회성 만남이 아니라 횟수를 정하지 않고 만나는 과정이므로 그 과정을 통하여 인간에게 숨어 있는 가능성을 찾아주고 키워 주면서 잃어버리고 있었던 자기 자신을 찾아 자신의 언어로 표현할 수 있도록 성장과 변화를 유도하는 독특한 특성을 살려야 하는 학문이다.

　나는 더 넓은 지평을 향하는 상담의 특성을 다음과 같이 정리했다.

- 상담은 한정적이고 표면적인 다양한 병리적 증상의 치료와 사회적 적응에 국한하기보다 개인의 전인적 성장을 도모하고 통합적인 삶의 변화를 추구하여 행복한 인간관계를 맺도록 도와주는 학문이다.
- 상담은 개인의 삶을 의미 있고 목적 있게 만들어 주기 위하여 자기 성찰을 통한 자신의 잠재력을 인식하고, 자신의 잠재력을 실현할 수 있도록 자신의 주체성을 구축하고, 타인과 더불어 사는 관계성을 회복하도록 전문적으로 도와주는 넓은 지평을 열어 가야 한다.
- 상담 과정에서는 용기를 잃고 좌절하는 사람에게 인문적 자기성찰을 통하여 그에게만 독특한 잠재능력이 있음을 알게 하여 용기와 도전 정신을 일깨워 주고 격려하여야 한다.
- 개인에게 잠재되어 있는 선한 본성을 깨닫게 하여 잃어버렸던 자신의 언어와 정서를 찾도록 도와주고 자신의 고유성을 박탈당하고 형식적이고 수량적인 기준에 얽매여 갈등을 겪는 사람에게 시련을 이길 수 있는 힘과 자기를 표현하는 힘을 길러주어야 한다.
- 상담은 최대한의 노력으로 최소한의 결과가 서서히, 막연하게, 특이하게 나다니는 학문이다. 상담자는 상담 과정에서 자신의 존재에 대한 철학적인 질문과 사유의 힘을 길러주고 자신을 정확하게 인식할 수 있는 문학적인 통찰력과 표현력을 쌓아 가도록 내담자

를 도울 수 있어야 한다.

상담에 대한 나의 근본 신념과 상담의 특성을 종합하여 '나의 상담'의 정의를 다음과 같이 정리한다.

"상담은 전문적 훈련을 받은 상담자가 도움을 필요로 하는 내담자와 상담 관계에서 상담 언어로 내담자로 하여금 자기가 삶의 주인이되도록 인간과 인간관계의 내면을 인문적으로 성찰할 수 있도록 도와주는 학문이다."

이 정의가 상담에 대한 나의 믿음을 잘 나타내는 것 같지만 곰곰이생각해 보면 공허한 말장난 같기도 해서 나는 나의 믿음대로 상담을실천할 수 있는 학문적, 실질적 내공이 나에게 있는가를 고민한다. 그러나 청소년대화의 광장 원장을 지낸 박성수 교수[5]가 "상담은 20세기인류 지성이 발전시킨 최고의 지적 결정이며 인간이 하는 일 가운데가장 정밀하고 가장 가치 있는 일이다. 상담은 인간의 능력을 최대한개발해 내는 힘과 지혜와 기능을 내포하고 있다."고 표현한 말에서 큰용기를 얻으면서 '나의 상담'에 대한 생각들을 정리해 보고자 한다.

5. 박성수, 1997, 겨울 청소년상담소식: 박성수 고도의 전문직으로서의 카운슬러 양성제도

상담의 핵심주제 : 인간과 인간관계

상담의 핵심주제는 인간과 인간관계이다. 상담에서 거론되는 다양한 주제는 다만 인간과 인간관계를 보완하기 위한 주석(註釋)일 뿐이다.

상담의 기본 전제는 인간만이 자신의 존재를 의문시하는 존재로 자신을 심리학적으로 분석하고, 사회학적으로 성찰하고, 신학적으로 통찰하는 존재라는 믿음에 기초한다. 인간은 무한한 가능성(잠재능력, 미래지향적 성향)과 유한한 치명성(생명의 유한성)을 동시에 가지고 있고 자기 삶의 의미를 찾고자 하는 생태적(선천적) 성향을 가지고 있는 존재이며 인간의 능력의 깊이와 높이와 넓이가 무한하다고 인식한다. 상담은 사회적 동물인 인간이 경험하는 기쁨과 고뇌와 보람과 좌절의 근본은 인간관계에서 비롯되므로 인간이 더 바람직한 인간관계를 맺기 위해 고안된 학문이다.

상담의 주제인 인간과 인간관계를 설명하는 키워드는 '삶' '사람' '상담'이다.

'삶'이라는 글자 속에는 '사람'이 들어 있고 '사람'이 사람답게 살려고 노력하는 과정에는 '상담'의 역할이 필요하다. 인간은 온갖 가능성이 응축된 불완전한 상태로 세상으로 나와서 가정·학교·사회생활을 통해서 그 응축된 가능성을 하나하나 풀이 기면서 '사람'으로 성장한다. 그 성장 과정에서 이루어지는 모든 양육과 배려의 근본은 '상담정신'에 기초한다. 상담정신은 인간의 능력을 최대한 개발해 내는 힘과 지혜와 기능을 내포하고 있기 때문에 삶은 상담의 시작이라고 할 수 있다.

　세계에서 가장 저명한 뇌 과학자로 꼽히는 미국 다트머스대학교의 마이클 가자니가(Michael Gazzaniga) 교수[6]는 최근 "인간의 뇌는 도대체 무엇을 하기 위해 설계되었을까?"라는 화두를 던졌다. 일평생의 연구를 토대로 그가 내린 결론은 "인간의 뇌는 인간관계를 잘하기 위해서 설계되었다."이다. 그는 "인간은 뼛속까지 사회적이다."라는 표현을 쓰면서 인간을 가장 인간답게 만드는 것은 인간관계라고 주장하였다. 삶의 목표, 생존의 문제 등 인문학을 기반으로 하는 상담에서 다루는 기본 가치 속에는 인간관계가 중요한 함수로 존재한다. 상담의 효과를 측정하는 데 가장 중요한 변인은 상담자와 내담자가 형성하는 관계의 질에 좌우된다.

❦

상담의 핵심목표 : 삶 속의 삶을 찾아서

그동안 상담과 관계되는 다양한 일을 해오면서 나는 '내담자들이 왜 상담을 받으러 오는가?'에 대해서 많이 생각했다. 결론적으로 내담자들은 두 가지 이유로 상담을 받으러 온다고 확신한다. 첫째는 '되고 싶은 자기가 되기 위해서', 즉 자기의 주체성을 확립하고 싶어서 상

6. 서은국, 행복의 기원, 21세기북스사, 2014, p. 85에서 재인용

담자를 찾는다. 둘째는, '지금 하고 있는 일을 제대로 하고 싶기 때문에', 즉 타인과의 관계성을 회복하여 자기의 존재 의미와 존재 가치를 인식하기 위하여 상담을 받으러 온다는 것이다.

요약하면 '자신의 주체성'을 찾아 '되고 싶은 자신'이 되고 '다른 사람과의 관계를 회복하여' '자신의 일을 제대로' 하는 '자신이 주인이 되는 삶'을 살아가고자 하는 욕구 때문에 상담을 받는다고 생각한다. 상담은 의미 있는 삶을 찾으려는 인간의 가치 지향적인 목적에서 출발하여 인문적 자기성찰 과정을 통해 그 목적을 추구하며 끊임없이 나아가 잃어버리고 있었던 자신의 본성과 잃어버리고 있었던 자신의 언어를 찾도록 하는 학문이다.

그러므로 상담은 '인간의 인간다운 삶을 천착하는 인문학의 기본가치'를 토대로 하지 않을 수 없으며, 그 과정은 언어로 진행되기 때문에 '언어의 예술인 문학의 효율성'에 주목할 수밖에 없다.

급변하는 현대사회는 인간을 무한 경쟁의 세계로 몰아가면서 광속의 속도로 인간이 움직여 주기를 강요하고 있다. 그 소용돌이 속에서 인간은 본인의 능력과는 관계도 없이 쓸데없는 열등감과 쓸데없는 우월감에 시달리고 고통받으면서 자신의 주체성이 흔들리고 타인과의 관계성은 메말라 가고 있다. 튜더[7]는 한국인들은 엄청난 경쟁 속에서 동전의 양면처럼 공존하고 있는 열등감과 우월감 속에서 기적을 이루

7. 다니엘 튜더 지음, 기적을 이룬 나라 기쁨을 잃은 나라, 문학동네, 2012
    저자는 한국을 우뚝서게 한 한국인의 경쟁력이 오늘날 한국인을 괴롭히는 심리적 원인이 되고 있다고 서술하고 있다.

기도 했고 그 경쟁 때문에 기쁨을 잃어 가면서 살고 있다고 했다. 상담은 경쟁 세계 속에서 상처받은 사람들이 인문적 자기성찰을 통해 삶 속의 삶을 찾을 수 있는 힘을 길러주고 특별한 상담 관계를 통해서 내담자가 자신 속에 숨어 있는 재능을 인식하고 열등감과 우월감에서 벗어나 잃어버렸던 자신을 찾고 자신의 언어를 찾도록 도와줄 수 있어야 한다.

✺

상담 과정 :
잃어버린 언어를 찾아가는 인문적 자기성찰

상담 과정은 상담자와 내담자가 상담이라는 특별한 관계 속에서 정확한 상담 언어를 수단으로 하여 '인문적 자기성찰'을 통해서 '자기다운 삶의 의미와 가치'를 찾아 인간적인 성숙을 이루어 가는 과정이다.

　상담 과정을 이렇게 정리할 수 있는 것은 '상담'으로 일관된 40여 년 동안의 나의 커리어에서 정제(晶製)된 것이다. 이 정의에서 '상담이라는 특별한 관계'는 상담에 대한 나의 고유한 생각에서, '정확한 상담 언어'는 문학상담에서, 그리고 '인문적 자기성찰'은 인문상담에 대한 생각에서 도출된 표현이다. 나는 상담 과정을 깊이 있게 만드는 심리적 과정을 어떻게 표현해야 하나 많은 고심을 하다가 '인문적 자기성찰'이라는 표현을 생각해 내고는 쾌재에 가까운 감동을 느꼈다. '인문적'이라는 표현에 함축된 의미가 무궁무진했기 때문이다.

하이데거의 말처럼 '언어는 존재의 집'[8]이기 때문에 상담의 모든 행위는 언어의 힘 안에서 이루어진다. 상담자는 내담자가 표현하고자 하지만 하지 못하는 '잃어버린 언어'를 찾을 수 있도록 도와주어야 한다. 잃어버린 언어를 찾는다는 것은 곧 본래의 참존재를 찾는다는 의미이다. 참존재를 찾는 과정은 인문적 자기성찰로 자신의 주체성을 확립하고 인간관계를 회복하는 성실한 과정이다.

'상담자와 내담자가 맺는 특별한 상담 관계'는 언어로 이루어진다. 내담자가 하는 말을 적극적으로 경청하는 상담자의 태도는 내담자가 자신의 생각을 정리하고 새로운 통찰을 얻게 하는 왕도이다. 적극적인 경청은 상대방의 말을 제3의 귀인 '마음의 귀'로 상대방의 입장에서 들어야 한다는 뜻이다. 보통의 대화에서는 상대방의 말을 들으면서 다음에 자기가 무슨 말을 할까 혹은 상대방의 말과 관계되는 자신의 경험을 생각하느라고 경청하지 못한다. 상담자는 내담자가 사용하는 언어를 깊이 있게 관찰하고 정확한 언어로 표현할 수 있어야 하기 때문에 상담자 자신은 물론 내담자가 사용하는 언어에 주의를 기울이고, 그 언어의 고유한 의미를 탐색하는 것이 중요하다. 또한 상담자는 내담자가 얼버무리는 말을 분명하게 말하도록 도와주는 것이 필요하다. 상담 과정과 내용은 상담자와 내담자의 특별한 관계 속에서 이루어지는 것이므로 소통의 즐거움은 내담자와 상담자가 같이 누리는 인간적인 참만남의 즐거움이다.

8. "언어는 존재의 집이다(Die Sprache ist das Haus des Seins)." Heidegger, 1975, p. 5

모든 내담자에게 적합한 상담 방법은 존재하지 않으므로 각 내담자에게 맞는 창의적인 언어로 내담자를 상담해야 한다. 상담자와 내담자가 나누는 인간 실존의 문제에 대한 자기성찰적 대화는 매끄럽고 세련된 언어가 아니라 진심에서 우러나오는 진정성이 담긴 언어로 채워진다고 생각한다.

상담자의 역할 : 동행자며 격려자

상담의 내용은 '자기다운 삶의 보람과 삶의 의미를 깨달아 가는 과정, 즉 '삶 속의 삶'을 찾아가는 과정으로 이루어진다. '삶 속의 삶'을 찾아가는 과정은 험난하고 긴 터널을 통과해야 하는 것과 같다. 서두르지 말고 조급해하지 말고 신중하고 정직하게 걸어가야 하는 길이다.

현실적인 제약으로 좌절되고 있으나 무한한 가능성을 지닌 인간에게는 발현되지 않은 잠재력이 있다는 확신을 가지고, 내담자로 하여금 인문적 자기성찰을 하고, 자기개발을 이루도록 계획하고, 자기실현을 이루는 큰 꿈을 갖도록 내담자를 격려해야 한다는 것이 나의 상담자로서의 신조이다.

상담자는 내담자와 함께 동행하면서 내담자의 숨겨진 재능을 탐색하고 보이지 않는 상처를 위로해 주면서 그가 잃어버렸던 언어와 자신의 참본성을 찾아주면서 함께 성장할 수 있어야 하기 때문에 거시적인 안목으로 인간을 보아야 한다. 그리하여 상담자는 갈등이나 좌절을 넘어서는 '전인적인 발달'을 추구하고 인간에 대한 깊이 있는 이해를 위해서 철학적인 사유와 문학적인 표현을 할 수 있도록 훈련을 받아야 한다. 인문적 자기성찰을 할 수 있게 하는 길은 내담자가 스스로의 내면을 깊이 있게 철학적으로 생각하고 문학적으로 표현할 수 있도록 생각할 여유를 주어야 한다는 뜻이다. 버릇처럼 반복하는 어설픈 위로나 공감, 알맹이 없는 지지나 격려는 내담자의 불신을 초래할 뿐이다.

상담자 교육 내용에는 다양한 학문적 접근으로 끊임없이 새롭게 발전하고 있는 상담의 원리를 학문적으로 배우고, 그에 따라 더욱 정교하게 발달하는 상담의 실제 기술을 익히는 것에 더하여 인문학에 대한 소양을 쌓는 내용이 포함되어야 한다고 확신한다. 상담의 내용과 과정에서 철학적인 사유와 질문, 문학적인 통찰력과 표현력을 활용하면 상담은 더 풍요로워질 것이므로 상담과 인문학을 융합하여 상담을 연구하는 인문상담학의 분야를 발전시켜야 하는 것이 필요하다. 상담은 내담자가 호소하는 현실적인 부적응이나 사회적인 갈등의 '문제'에 초점을 맞추는 것을 넘어서 '인간'에 초점을 맞추고 '치유나 치료'를 넘어서 '인간적인 성장'을 목표로 머리로만 알고 있는 인간관계의 미묘함에 대한 '앎'을 '삶'으로 전환할 수 있도록 '언어'로 도와주는 힘이 있는 학문이다.

현재 우리나라에서는 상담 과정에서 대체적으로 내담자를 '어떻게' 도와줄 것인가에 집중하고 그에 걸맞은 해답을 주기에 전력하면서 많은 상담 기법들이 나타났고 기법들을 배우기 위해 많은 사람들이 정열을 쏟으면서 자격증을 따기 위해 급급해 하고 있다. 이제는 그런 상담의 패러다임을 바꾸어서 내담자가 '왜 상담을 받으러 오는가?'라는 인문적 자기성찰을 상담적 언어로 할 수 있어야 한다.

상담의 도구 : 상담자 자신

인간의 문제를 전문적으로 도와주는 전통적인 학문인 의학, 법학, 종교학, 교육학 등에서 이론과 실제를 중시하는 것과 마찬가지로 상담도 이론적인 공부와 실제적인 실습이 필수적으로 요구된다. 그런데 의학에는 진단과 처방, 법학에는 법전, 종교에는 성전, 교육학에는 교과서 등의 규범적인 자료가 있으나 상담에는 그런 도구가 없이 단지 상담자 자신이 도구가 되어서 상담을 한다. 로저스는 이와 관련하여 상담자 자신이 가장 진솔하고 순수한 자기 자신[9]이 되어서 상담을 할 때 상담 효과가 가장 컸다고 고백하였다. 가장 진솔하고 순수한 자기 자신으로서의 상담자는 성숙하고 투명한 내면을 가진 개인을 의미한다. 어설프고 빤한 인생과 꿈을 이야기하는 것이 아니라 성숙하고 투명한 마음속 깊은 곳에서 울려오는 참말을 거짓없이 꾸밈없이 나누면서 내담자를 상담한다는 뜻이다. 그런 상담을 할 수 있는 상담자는 내담자의 문제만을 중점적으로 보는 것을 넘어서 내담자라는 인간 그

9. 로저스 지음, 오제은 옮김, 사람 – 중심 상담, 학지사, 2007

자체를 볼 수 있으며, 그런 상담을 통해서 내담자는 자신 내면의 갈등을 직시하고 통찰할 수 있을 것이다. 상담자는 상담자 자신이 도구가 되어서 인간의 개인적인 정신세계의 성장을 이루어 가는 과정을 이끌어 가는 동행자이며 격려자 역할을 할 수 있을 것이다. 그러므로 상담자 교육은 철저한 이론적인 학습과 효율적이고 실제적인 실습이 동반되어야 할 것이다. 상담의 이론적인 학습에서 가장 중요한 것은 상담자가 인간에 대한 다각적이고 입체적인 이해를 위하여 인문학적인 소양을 쌓고 상담의 고유성을 익혀야 한다는 것이다. 효율적이고 실제적인 실습에서는 각 개인에 맞는 창의적인 상담을 할 수 있도록 훈련을 받아야 한다. 인간의 내면은 개별적이고, 그 안에 잠재해 있는 능력, 꿈, 좌절, 고뇌는 다양하기 때문이다. 상담자와 내담자가 맺는 관계는 보통의 인간관계에서 맺는 관계와는 구별되는 '특별한 상담 관계'이다. 이 '특별한 상담 관계'의 금과옥조는 칼 로저스의 '솔직성, 무조건적인 긍정적 존중, 공감적 이해, 적극적 경청, 상호신뢰'라고 할 수 있다. 이 금과옥조로 인식되는 인간관계를 주도하는 역할은 상담자의 몫이다.

인간의 생명을 획기적으로 연장시키는 의학이나 인간의 생활을 환상적으로 향상시키는 경제학이나 인간의 뇌 활동을 드라마틱한 광속의 시대로 이끌어 주는 전자공학이나, 인간의 영혼을 희열의 세계로 인도하는 신학 등은 이 세상을 흔들 만큼 강력한 힘이 있다. 세상을 변화시키는 놀라운 힘이 있는 이런 계통의 학문은 경쟁적이고 도전적이며 우수한 인력만을 선택하여 배려하고 양육하는 냉정한 특성이 있다. 그러나 인간의 마음에 새겨진 보이지 않는 아픈 상처를 찾아주고 위로해 주는 일을 하는 상담은 겉으로 드러내지 않으면서 조용하고 부드럽게 활동하는 학문이다. 생명의 위급을 다투는 의학에서는 진단과 처방이 필수이고 자기주장을 정당화하기 위한 법적인 상황에서는 법전이 절대적인 기준이지만, 언제 자기 마음속에서 자라기 시작했는지 알 수 없는 증오로 생명의 위협을 느끼는 분노의 응어리를 찾아 풀어주면서 자기주장을 하도록 도와주는 상담은 진단이나 처방이나 법전 없이 상담자와 내담자가 특별한 상담 관계 속에서 조용히 부드럽게 갈등을 제거해 간다. 상담은 분노와 갈등으로 격앙된 내담자의 감정을 순화시켜서 문제의 핵심을 바로 보게 하는 학문이다. 상담적인 관계는 상담자와 내담자가 무조건적인 긍정으로 서로를 존중하고, 진솔하게 서로를 믿으며, 서로가 하는 말을 적극적으로 경청하며, 서로가 공감적 이해를 할 수 있는 특별한 관계를 의미한다. 이런 관계는 성숙한 상담 상황에서만 가능하기 때문에 상담 과정을 통하여 내담자는 자신에게 숨겨져 있으나 발견하지 못하고 있는 재능을 발견하게 되고 자신이 진정으로 하고 싶었던 말을 할 수 있게 되고, 잃어버렸던 자기의 참본성을 찾게 되는 것이다. 이 과정은 조용하고 부드러우면서도 자신의 내면을 깊이 들여다보는 진정한 의미의 성찰이 동반되는 과정이다. 상담 과정과 내용은 상담자가 내담자의 내면에 보이지 않게 숨어 있는 상처와 잡히지 않는 앙금을 덜어내 주기 위해 최선을 다하는 긴 여정이다. 이런 여정에 특정한 길이나 방법은 없다. 왜냐하면 사람마다 재능과 상처와 앙금이 다 다르기 때문이다. 상담자는 자신을 치유의 도구로 삼아 조용하고 부드럽게 이 여정을 내담자와 함께하여 결국 내담자는 통찰을 얻고 눈물을 흘리게 만든다. 이 눈물은 깊고 완벽한 공감, 이해, 인식의 표출이다. 나는 이것을 상담자가 내담자에게 선사하는 미적 체험이라 부른다. 조용하고 부드러운 상담의 결과는 강한 힘으로 나타난다. 이것이 상담의 주체인 상담자만이 할 수 있는 상담자의 특권이라고 확신한다.

03

인문상담

상담과 심리치료의 부흥시대이며 전성시대
라고도 할 수 있을 만큼 상담의 수요가 팽배해지고 있는 현실에서 상
담의 근본철학을 되새겨보고 그 근본철학에 기초를 둔 상담의 목표와
그 목표를 실현할 수 있는 '상담자의 역할과 상담자 교육 내용은 어떠
해야 하는가'라는 심각한 물음에 대한 해답을 나는 인문상담[10]에서 찾
는다. 그동안 나는 많은 상담학자들과 상담자들이 그들 나름대로의

---

10. 인문상담은 기존의 상담에 인문학을 융합하여 실행하는 상담이다. 인문상담을 연구하는 학문은 인문상
　　담학이며 상담에 철학을 활용하는 철학상담과 문학을 활용하는 문학상담은 인문상담학에 포함된다.

언어로 피력한 상담이론과 그 이론에 근거한 정교하게 고안된 상담방법과 기술을 학생들에게 가르치고 실습하면서 나 자신의 상담에 대한 생각과 상담자의 역할을 여러 가지로 정리하면서 인문상담의 틀을 구상하고 있다.

인문상담의 의미

인문상담(Humanities Counseling)이란 기존의 상담이론과 실제에 인문학의 기본 개념을 융합하여 상담 내용과 과정을 좀 더 차원 높고 깊이 있게 하는 상담을 의미한다. 인문학의 개념은 김상근 교수의 강의 아포리아 시대의 인문학에서 인용했다.

인문학은 'studia humanitatis'[11]를 번역한 말이다. 인문학이 사회과학이나 자연과학과 반대되는 개념이라고 생각하고 있으나 실제로 고대 그리스나 중세유럽 대학에서 인문학이 태동할 때, 그것은 자연과학이나 사회과학에 대비되는 개념이 아니라 '자유로운 인간'을 위한 학문으로 출발했다. 노예가 익혀야 할 섬기는 기술과 대비되는 개념이 인문학이었던 것이다. 그래서 영어에서 인문학을 'liberal arts'라 한다. 노예가 아닌 자유로운 인간이 반드시 공부해야 하는 학문이란

11. 지식 콘서트, 김상근 연세대 교수, 아포리아 시대의 인문학, 2015. 1. 25, 조선일보

뜻이다.

노예가 아닌 자유로운 인간을 위한 학문이기에, 인문학은 반드시 '어떻게 살아야 할 것인가'를 물어야 한다. 그렇다면 어떻게 살 것인가를 묻기 위해서 우리가 먼저 물어야 할 것은 무엇일까. '우리는 지금 어떻게 살고 있느냐'다. 나는 오늘의 대한민국을 '아포리아(aporia)'라 규정한다. 배가 좌초되어서 어떻게 할 수 없는 상태를 고대 그리스인은 아포리아라고 했다. 이는 위기보다도 더 심각한 단계다. 위기는 도움을 청하거나 노를 저어 위험에서 벗어날 수 있지만, 아포리아는 그보다 더 심각한 '길 없음'의 상태에 접어들었음을 말한다. 더 이상 어떻게 할 수 없는 상태에 접어들었을 때 우리는 상대방에게 책임을 전가하고 남에게 손가락질한다.

그러나 아포리아 시대의 인문학은 그 손가락질을 멈추고 자신을 돌아볼 것을 요구한다. 인문학은 어떻게 빨리 노를 저어서 이 아포리아를 극복할 것인가를 가르치는 것이 아니라, 잠시 노를 내려놓고 밤하늘의 별을 볼 것을 권한다. 내 인생의 좌표는 어디에 있는지. 나는 지금 어디를 향해 가고 있는지.

- 아포리아 시대의 인문학, 김상근

김상근 교수는 인문학의 기본 가치는 나 자신을 성찰하여 자기주체성을 찾고 나는 어떻게 살아야 하나를 탐색하면서 아름답게 살다가 우아한 죽음을 맞는 준비를 실천하는 학문이라고 하였다.

인문상담의 근본 핵심목표는 인문적 자기성찰을 통한 자기성장에 있다. 그러므로 인문학은 상담의 근본이라고 믿고 있다. 상담자는 내담자로 하여금 '나는 지금까지 어떻게 살아왔고, 지금 어떻게 살고 있으며, 앞으로 어떻게 살아야 하는가?'라는 인문적 자기성찰을 하도록 이끄는 안내자이며 격려자이며 동행자 역할을 하는 전문가이다. 그래서 나는 상담에 인문학을 접목하여 인간을 보다 입체적이고 다각적으로 이해하고 도와주는 상담의 새로운 시도가 필요하다고 생각한다. 나는 이것을 '인문상담'이라고 부른다.

인문상담은 각자의 존재 가치와 의미를 성찰하고 사유할 수 있는 힘을 기르고 '개인의 참자아를 탐색하고 발견하도록 도와주는', '자기가 속한 사회에서 자기가 하는 일을 제대로 할 수 있도록 도와주는' 상담 과정이다. 인문상담은 개인의 다양한 병리적 심리 상태를 해소하고 사회에 적응시키는 것을 목표로 하는 기존의 상담 수준을 넘어서 개인의 주체성을 확립하고 타인과의 관계성을 회복하는 것을 목표로 한다. 인문상담의 이러한 창의적인 상담 방법은 우리나라 상담의 새로운 지평을 열어 가는 데 큰 역할을 할 수 있으리라고 확신한다. 인문상담의 대상은 다양한 이유로 일상생활에서의 적응이 어려운 사람들뿐만 아니라 인간 실존의 근본 문제인존재의 의미와 가치, 죽음, 소외, 고독 등에 대한 철학적 사유와 문학적 통찰을 원하는 모든 사람을 포함한다.

인문상담은 무엇보다도 인산이 인간답게 살 수 있도록 도와주는 데에 목적이 있다. 인문상담의 이러한 특성은 바로 인간은 천부적으로 부여받은 무궁무진한 잠재능력과 인간만의 존엄성과 가치와 권리를 내부에 간직하고 있으며, 이 요소들을 찾아서 충분히 자아실현을 할 수 있도록 도와주는 인간존중 상담의 원리, 목표와 일치한다. 그러므로 상담의 각 영역, 예컨대 발달단계별, 대상별, 주호소(증상)별로 실시하는 상담의 이론과 실제에 인문적인 정신, 곧 심리 문제보다 더 큰 인간 실존의 의미와 가치를 찾는 것을 근본 원리로 하여 진행하는 상담이 곧 인문상담이다.

인문상담의 목표와 과정

인문상담의 목표는 자기의 주체성을 찾고 다른 사람과의 관계를 회복하도록 도와주는 데에 있다. 인문상담의 목표는 실제 삶의 이야기를 주제로 행하는 상담 과정을 통하여 내담자는 '되고 싶은 자기'가 되고 '자기가 하는 일을 제대로 할 수 있게' 되는 것이다. 상담 과정에서 자신을 인문적으로 성찰하고 자신의 내면 세계와 가치를 확립하여 더 나은 자신이 되도록 도와주는 데에 있으므로 상담자는 '문제'를 넘어 '사람'을 중심으로, '치료'를 넘어 '성장'에 목표를 두고 내담자를 격려하고 내담자의 어두운 마음에 불을 밝혀주는 역할을 하는 안내자이며 함께 성장하는 동행자여야 한다.

요약하면 인문상담의 목표는 첫째, 인간의 삶을 의미 있는 과정으로 구축해 가는 것을 품격 있게 도와주고 둘째, 인간이 진정으로 되고 싶은 자기가 될 수 있도록 자기를 성찰하는 예지를 길러주며 셋째, 인간이 자기가 하고 있는 일을 제대로 할 수 있도록 생각하는 힘을 길러 주며, 마지막으로 인간의 내부에 존재해 있으나 아직 발견하지 못한 잠재능력을 찾도록 도전하는 힘을 길러주는 데에 있다

인문상담 과정은 상담자와 내담자가 '나와 너'의 참된 만남을 갖고 이해하며 사랑하게 되는 여정(旅程)이며, 내담자가 알지 못하는 자신의 잠재능력을 재발견하도록 격려하고 도전하고, 자신의 존재 의미와 존재 가치를 진시하게 깨달아 가는 과정(過程)이다.

인문상담자의 역할과 교육

인문상담자의 역할은 인간을 다각적으로 입체적으로 이해하기 위하여 내담자를 '전인적'으로 보고 내담자로 하여금 자신의 존재 의미와 존재 가치를 깨달을 수 있도록 돕는 것이다. 인문상담자는 내담자를 어떻게 도울까에 대한 상담의 기술적인 면을 익히는 동시에 내담자가 왜 상담을 받으러 오는가에 대한 인문학적 성찰을 할 수 있도록 인문학에 기반한 상담의 새로운 지평을 구축해 갈 수 있도록 교육 받아야 한다. 인문상담자는 내담자의 '실제 삶의 이야기'를 이야기하고 들으면서 내담자 스스로가 삶의 의미와 목적을 찾도록 도와주는 상담전문가가 되어야 한다. 인문상담자는 내남사가 호소히는 문제에만 초점을 두는 것이 아니라 내담자가 잃어버린, 찾고자 하는 '참된 자기본성'을 찾도록 도와주는 안내자여야 하며, 내담자의 숨겨져 있는 내적 능

력을 찾아 그에 맞는 날개를 달아주어 그가 하고자 하는 일을 할 수 있게 독려하는 양육자여야 하고, 내담자가 아직 발견하지 못한 자신의 잠재능력을 찾아 진정으로 되고 싶은 자기를 탐색하도록 안내하는 탐험가여야 한다. 그리하여 그들이 자신들의 근원적인 존재 의미를 찾고 통찰하고 자신과 자신을 둘러싼 세계를 이해하고 성찰할 수 있으며 나아가 타자와의 성숙한 상호소통을 통해서 자기표현과 자기형성의 능력을 발전시킬 수 있도록 도와주어야 한다. 이 과정에서 인문상담이 특별히 강조하고자 하는 것은 내담자와 상담자가 동행자의 입장에서 철학적인 사유와 문학적인 통찰을 적용하여 그들의 경험을 통한 '앎'을 '삶'으로 전향시키는 작업을 행하는 데에 있다.

인문상담자 교육 내용은 철학과 상담, 문학과 상담 등의 과목을 중심으로 상담 과정에서 철학적인 사유와 질문을 활용하고 문학적인 표현과 통찰력을 활용하고 그에 상응하는 실습이 포함되어야 한다. 이러한 창의적인 상담 방법은 우리나라 상담의 새로운 지평을 여는 데큰 역할을 할 것이다.

04

문학상담

대학에서 국문학을 전공하고 문학에 대한 특별한 애정을 가지고 상담 교수를 하고 있는 나는 '문학적인 상담'을 실행하고 싶은 생각을 오래전부터 가지고 있었다.

'문학적인 상담'은 '문학적으로 상담을 한다'는 의미이다.

언어의 예술인 문학은 허구적인 삶의 다양한 형태를 통하여 사람의 생각과 느낌과 사람이 처한 환경을 정직하고 정확하게 효과적으로 표현하여 독자들의 예술적인 감동을 자아내고 그 은유의 빛으로 독자들이 인생의 목표를 세우는 데 도움을 주는 예술이다. 언어를 매체로 하는 상담은 실제적인 삶 속에서 부딪치는 다양한 신체적, 심리적, 사회적 문제를 위시하여 삶과 죽음의 실존적인 문제까지 다루면서 자신의 존재 의미와 존재 가치를 찾고 다른 사람과의 관계를 회복하도록 도와주는 분야이다. 인간의 주체성 확립과 관계성의 회복을 주제로 하는 문학과 상담이 추구하는 목적은 동일하다고 할 수 있으므로 문학과 상담을 상호보완적으로 활용한다면 상담을 더욱 깊이 있고 차원을 높이며 상담의 지평을 넓혀주는 하나의 수단이 될 수 있을 것이다. 문학작품의 내용에는 상담의 주제가 포함되어 있고 상담 과정과 내용에는 문학적인 특성이 담겨 있다. 그러므로 문학의 특성을 활용하는 상담을 '문학상담'이라고 할 수 있다.

문학상담을 향한 나의 여정

내가 '문학상담'이 상담의 지평을 넓혀줄 수 있을 것이라는 확신을 갖게 된 것은 얄롬 박사의 심리치료 소설을 읽고부터이다.

2005년 한국상담원 원장직에서 정년 퇴직을 하고 나서 쓸쓸해 하고 있을 때 옛 제자로부터 Irvin D. Yalom의 소설 *The Schopenhauer Cure*를 선물로 받았다.

이 소설의 줄거리는 집단치료를 리드하고 있는 65세의 정신과 의사 줄리어스가 흑색종이라는 악성 암 진단을 받고 고뇌하던 중 니체의 자라투스트라는 이렇게 말했다에서 "네 인생을 완성하라.", "살아지지 않은 날을 뒤에 남겨놓지 마라, 그리고 난 후에 죽어라."라는 강렬한 메시지에 감동을 받고 생의 마지막까지 품위 있게 살아가는 과정을 그린 이야기이다. 쇼펜하우어의 일생을 간략하게 정리하면서 집단 과정의 변화를 쇼펜하우어의 철학과 대비시키면서 전개해 나가는 소설의 플롯이 신선했고 고대부터 현대에 이르는 철학자들의 사상과 문학가들의 작품을 종횡무진 인용하는 그의 인문학적 소양에 감탄하면서 나는 얄롬에게 매료되었다. 마침 시그마프레스 출판사에서 얄롬의 이 책 저작권 계약을 맺고 번역을 강원대학교의 최윤미 교수에게 의뢰한 상태였다. 얄롬의 매력에 빠진 나는 그 책을 꼭 번역하고 싶어서 최 교수의 양해를 얻고 최 교수와 공동번역으로 쇼펜하우어, 집단심리치료라는 제목으로 2006년에 출판했다. 최 교수는 얄롬의 베스트셀러 소설집 나는 사랑의 처형자가 되기 싫다를 번역한 바 있어서 *The Schopenhauer Cure* 번역 의뢰를 받은 상태였지만 나의 제안을 받아들여서 나와 공동번역으로 이 책을 출판했다. 나의 무례한 청을 받아준 최 교수에게 한동안 빚진 기분이었다.

  마침 그 즈음에 다른 제자로부터 얄롬 박사의 단편소설집 *Momma and the Meaning of Life*를 받았다. 심리치료 이야기라는 부제가 붙은 이 책에는 얄롬 박사가 직접 치료했던 사례들을 소설 형식으로 쓴 여섯 개의 이야기가 수록되어 있다. 이 이야기들 속에 담겨진 공통된 주제는 삶과 죽음의 실존적 고뇌이며, 이 주제를 진지하게 풀어 가는 환자와 치료자의 치열한 고행의 과정이 남담하게 그려져 있다. 이 책을 번역해서 폴라와의 여행이라는 제목으로 시그마프레스에서 같은 해인 2006년에 출판했다. 그 이후로 시그마프레스에서는 얄롬 박사의 책

번역을 나에게 의뢰해서 2007년에는 시드니 셸던의 추리소설처럼 흥미진진하게 쓰인 카우치에 누워서라는 심리치료 장편소설을 번역 출판했고, 2008년에는 얄롬 박사의 심리치료와 그가 주장하는 인간의 조건에 대해서 그의 동료인 루스엘렌 조셀슨이 쓴 어빈 **얄롬의 심리치료와 인간조건**을 번역 출판했다. 또한 얄롬 박사가 2008년에 그의 마지막 저술이 될 것이라고 하면서 출판한 *Staring at the Sun*을 보다 냉정하게, 보다 용기있게라는 제목으로 출판했다. 이 책은 죽음에 대한 두려움을 어떻게 극복할 것인가에 대한 얄롬 박사의 가르침이다. 그의 중심 아이디어는 육체적인 죽음은 우리를 파괴시키지만, 죽음에 대해서 생각하는 것은 우리의 삶을 보다 값진 것으로 만든다는 것이다. 그러므로 죽음을 보다 냉정하게 보다 용기 있게 준비하라는 충고의 메시지이다. 얄롬 박사는 이 책이 그의 마지막 저술이 될 것이라고 했음에도 불구하고 2013년에는 *Spinoza Problem*, 2015년에는 *Creatures of a Day*를 출판했다. *Spinoza Problem*은 인류지성의 발달에 위대한 업적을 남긴 네덜란드에서 살았던 유대인 철학자 스피노자와 제2차 세계대전의 소용돌이에서 히틀러의 부하였던 열혈청년 알프레드 로젠버그의 고뇌에 찬 일대기를 바탕으로 쓴 소설이다. 이 책도 **스피노자 프로블럼**이라는 제목으로 번역해서 출판했다. 2015년에 발표한 *Creatures of a Day*에는 10편의 심리치료 사례가 들어 있다. 대부분 삶과 죽음 사이에 서 있는 고령의 전문직 환자들에게 역시 고령의 치료자 얄롬 박사는 마지막 남은 인생을 용기 있게 마치라고 제안하고 있다. 이 책은 삶과 죽음 사이에 서서라는 제목으로 2015년 5월에 출판했다.

＊

　얄롬 박사의 치료방법의 특징은 환자들과 '이야기'하는 것으로 인간의 다양한 삶의 모습과 심리 문제들을 꺼내 놓게 하면서 동시에 그 삶의 문제들에 깊숙이 박혀 있는 인간의 공통적인 실존적 고뇌를 읽어내어 인간 문제의 핵심을 꿰뚫는 그의 예지(叡智)에 있다고 생각한다.

　얄롬 박사는 치료과정에서 환자가 호소하는 문제에 국한해서 환자를 보는 것이 아니라 환자를 인간 전체로 조망하여 살피면서 문학작품과 철학자의 사상을 두루 인용하면서 치료한다. 그의 이러한 치료방법은 정신과학과 철학과 문학을 융합하여 형성된 그의 심리치료와 그가 쓰는 심리치료 소설에 빛을 더해 주는 요소다. 그는 치료과정이나 내용에 임상적인 데이터나 통계 숫자를 이용하지 않고 환자들이 살아온(살아낸) 이야기와 살고 있는 이야기, 살아갈 이야기들을 풀어내면서 환자들을 감동시키고 환자들이 예술적 체험을 할 수 있게 만든다. 얄롬 박사의 환자들은 모두 그의 치료에서 기쁨과 보람을 얻으며 언어를 초월한 공감의 눈물을 흘린다. 이 '눈물'의 의미는 깊은 공감, 진정한 이해 등을 포함한 '예술적 체험'의 한 표현이라고 할 수 있을 것이다.

　오랜 임상경험을 통해 얄롬박사는 많은 환자들이 우리가 인식하고 있는 것보다 더 많이 실존직인 문제로 고뇌하고 있음을 알게 되었다고 한다. 그러므로 치료자는 실존적인 문제에 대한 예리한 감성을 가지고 무엇이 환자에게 고통을 주고 있는가를 정확히 알고 그 고통을 치료하기 위해서는 각 환자에게 맞는 창의적인 방법으로, 다른 임상가들과는 다른 형태의 치료를 해야 한다고 말한다. 치료자는 환자를 깊이 있게 관찰하고 정확한 언어로 표현할 수 있어야 하기 때문에 자신과 환자가 사용하는 언어에 주의를 기울이고 그 언어의 고유한 의미를 탐색하는 것이 중요하다고 한다.

얄롬 박사의 심리치료는 문학상담에서 다루고 있는 인간 내면의 섬세함과 인간 실존의 문제를 인문적 자기성찰을 통해서 정확한 언어로 풀어 나가고 있으므로 나는 얄롬 박사의 심리치료 소설은 문학상담의 한 전범이라고 확신하고 있다.

그는 정신과 의사로서 의학적인 환경에서 심리치료를 하고 나는 상담자로서 교육적인 환경에서 상담하고 있다. 그는 정신과 의사로 나는 상담자로 각각 부르는 명칭은 다르지만 그와 내가 하고 있는 일은 다르지 않다. 그와 나는 인간의 질 높은 정신세계와 개인적인 성장을 지향하는 데에 깊은 관심을 가지고 있으며 나이와는 관계없이 존재하는 실존 위기를 의식하고 있는 사람들을 도와주는 전문가적인 태도를 가지고 있음에는 동일하다고 생각한다.

대학에서 국문학을 전공하고 문학에 대한 특별한 애정을 가지고 있는 나는 상담을 공부하면서 인간이 탐구하고 있는 삶의 보람과 기쁨을 '문학적인 상담'으로 실행하고 싶은 생각을 오래전부터 가지고 있었다. 작가들이 자신이 표현하고자 하는 바를 언어로 정확하게 형상화해 냄으로써 작가 자신과 독자 모두에게 예술적 경험을 선사하는 것처럼 나는 문학상담을 통해 정확한 언어로 서로의 마음속 깊은 생각을 나누면서 절대적으로 공감하는 예술적 경험에까지 이를 수 있는 상담을 하고 싶다.

　마치 작가가 작품을 쓸 때 사물을 주의 깊게 관찰하고 그 내용을 제대로 파악하여 그것을 언어로 효과적으로 표현하는 것처럼 문학상담에서 상담자는 문학적인 상담을 통해 내담자가 잃어버렸던 그 자신의 언어와 숨겨진 참본성을 찾도록 도와주어야 한다고 생각한다. 그런 상담자를 기르기 위하여 상담자 교육 내용에 문학과 상담이 융합되는 교과 과정을 개발하여 교육시켜야 할 필요를 느껴오면서 나는 지난 몇 년간 문학과 상담이 융합된 '문학상담'이라는 상담의 한 분야를 구축해 오고 있다.

※

2009년 가을 학기에 나의 문학상담에 대한 생각을 실현해 보기 위해 이화여대 평생교육원에서 '상담과 문학의 만남'이라는 강좌를 개설하였다. 인간 삶 속의 갖가지 고뇌를 상담은 말로, 문학은 문자로 표현하기 때문에 문학적인 표현력과 통찰력이 상담 과정에 융합되면 훨씬 나은 상담을 할 수 있을 것이라는 생각과 문학작품을 매개로 상담의 과정을 좀 더 깊이 있게 하는 작업을 통해 문학도 즐기고 상담에 대한 실습도 하는 일거양득의 효과를 얻을 수 있을 것이라는 생각에서 상담을 문학적으로 접근해 보려는 시도였다. 당시에는 '문학상담'이라는 용어를 쓰기가 조심스러워서 강좌 이름을 '상담과 문학의 만남'으로 했다. 그 시간에 당시 베스트셀러였던 신경숙의 소설 엄마를 부탁해와 우애령의 상담 소설집 숲속으로 가는 사람들을 교재로 썼다. 그 강의 시간에 수강생들은 나름대로 자기들의 삶을 성찰하면서 자기들의 말로 이야기하고 듣고 자기들의 글로 쓰고 읽으면서 자기들의 과거 경험을 재경험했고 자기들의 앎을 삶으로 전환시키는 체험을 할 수 있었다. 이런 체험을 통하여 수강생들은 잃어버렸던 자기의 본성을 찾고 자기의 언어를 찾을 수 있었다. 나는 문학상담이 문학작품을 활용하거나 언어활동인 말하기, 듣기, 읽기, 쓰기를 통해서 상담의 깊은 효과를 얻을 수 있다고 믿었다. 문학상담은 우리나라 상담의 새로운 지평을 열 수 있는 많은 가능성을 지니고 있다는 확신도 얻었다.

✳

2010년에는 내가 머릿속으로만 생각하고 있었던 인문상담, 철학상담, 문학상담을 실현할 수 있는 상담자를 양육하기 위하여 인문학에 접근한 상담을 연구하고 가르치는 한국상담대학원대학교를 설립했다. 한국상담대학원대학교 설립자인 故 우천(宇川: 나의 남편의 아호) 오병태 회장은 상담과는 거리가 먼 건축공학을 공부했고, 주택사업에 종사했던 기업가였다. 그는 "주택은 소유의 개념이 아니라 주거의 개념이어야 한다.", "인간은 그 자신이 똑똑하게 자기관리를 해야 한다."는 생활철학을 가진 철저한 실용주의 신봉자였으며 한국의 젊은이들이 자기 실력을 제대로 발휘하면서 살 수 없는 현실을 안타까워했다.

동시에 그는 인간의 내부에 존재하고 있는 무한한 잠재능력을 믿고 그 능력을 찾아서 발전시키는 것을 목적으로 하는 상담의 정신을 높이 평가했다. 그는 우리나라의 장래를 위해서 좋은 상담자가 절실히 필요하다는 것을 느끼고 있었기 때문에 학교법인 우천학원을 세우고 상담전문대학원인 한국상담대학원대학교를 설립하고 상담으로 일생을 보내고 있는 아내인 나를 총장으로 임명해 주었다. 이 학교에서 나는 내가 늘 마음속으로 생각해 오던 상담과 인문학을 융합하는 인문상담, 철학상담, 문학상담을 새로 구축하여 실천할 수 있게 되었다.

한국상담대학원대학교에서는 우리나라 상담의 새 지평을 향하여 인문학을 상담에 융합시키는 교과목을 개발하였고 일차적으로 상담과 철학, 상담과 문학 등의 강좌를 개설하여 입학하는 모든 학생이 수강하도록 공통필수과목으로 정하였다. 이 교과목들을 통해 장래의 상담자들이 철학적 지혜와 사유를 익히고 그를 바탕으로 질문하는 힘과 답변하는 힘을 기를 수 있고 문학작품이나 문학활동을 통하여 창의적 사고력과 통찰력을 키우고 정확한 표현력을 쌓아 가기를 바랐다. 이런 교과목을 이수하면서 상담자는 인간인 내담자를 더욱 깊이, 입체적으로 이해할 수 있게 되어 상담자의 전문성은 향상되고 상담 과정과 내용의 질적인 차원이 높아질 것이라고 나는 확신하고 있다.

✳

인문상담, 철학상담, 문학상담에 대한 나의 오래된 꿈을 실현할 수 있어서 즐겁지만 이것이 혹시 돈키호테 같은 꿈속의 허상이 아닐까 불안하기도 한 것이 사실이다. 그러나 한국상담대학원대학교 교수들과 학생들로부터 인문상담에 대해서 긍정적인 피드백을 계속 받고 있으며 앞으로 인문상담학의 학문적 토대를 쌓아 가기 위하여 가까운 장래에 인문상담학 연구소를 개소할 예정이다. 그동안 인문상담 교수와 학생들이 중심이 되어서 많이 연구하고 토론하고 실습하고 워크숍과 세미나를 열었다. 특기할 사항은 인문상담 교수와 학생들이 중심이 되어 개발한 문학상담 프로그램 '나를 돌아보는 여덟 개의 방'이 2014 연희문학창작촌, 〈문학, 번지다〉 프로젝트에 당선되어 일반인을 상대로 문학상담의 내용을 실시하였다.[12]

인문상담, 철학상담, 문학상담에 대한 나의 꿈은 점차 튼실한 열매를 맺을 수 있으리라는 확신도 굳어지고 있다.

상담과 문학, 그리고 문학상담

상담과 문학의 공통된 목표는 언어활동을 수단으로 인간의 본래적인 덕목을 추구하고 인간의 생태적인 갈등을 해소하는 방안을 모색한다는 데에 있다.

상담이 실제 삶의 이야기를 말로 표현하고, 들어주면서(말하기, 듣기)

12. 2014 연희문학창작촌 〈문학, 번지다〉 프로젝트 4, 나를 돌아보는 여덟 개의 방, p. 182

새로운 깨달음(자기주체성, 관계성)을 얻는 행위라고 한다면, 문학은 허구적인 삶의 이야기를 글로 쓰고, 읽으면서(쓰기, 읽기) 새로운 깨달음(자기주체성, 관계성)을 얻는 행위라고 할 수 있다. 그러므로 공통된 목표를 말과 글로 추구하는 상담과 문학은 상호보완적이다. 문학상담은 상담 과정과 내용에 문학을 활용하여 삶 속의 삶을 찾아 자기다운 삶의 기쁨과 보람을 찾게 하는 데에 근본 뜻이 있다.

그렇다면 문학은 상담에 어떤 도움을 줄 수 있는가? 문학은 상상의 이야기이고 상담은 실제 삶의 이야기인데 이 둘이 어떻게 서로 만날 수(상호보완) 있는가?

문학상담이 가능한 것은 문학작품 속에 상담에서 이루고자 하는 목표들이 있기 때문이다. 삶의 어려운 문제를 이해하고 풀어 가고자 하는 상담 과정의 내용이 문학작품 속에서는 아주 흥미 있는 이야기로 표현되어 있다. 더 나아가 문학은 상담 과정에서 빠질 수 있는 경험의 구체적인 내용을 담고 있다. 인생 체험의 내용을 있는 그대로 생생하게 기술하는 문학은 구체적인 묘사로 우리의 몸과 감정, 정서를 건드리면서 우리의 체험을 일깨워 준다. 상담 과정에서는 상담 언어로 살아 있는 경험이나 구체적인 생각을 주고받으면서 우리의 체험을 일깨워 준다.

문학상담에서는 상담 과정을 좀 더 깊이 있고 차원을 높이기 위한 매체로서 문학작품을 사용하는 것이므로 단순한 문학감상이나 서평과는 다르다. 문학상담에서 문학작품을 활용할 때 무엇보다도 중요한 것은 작품의 내용에 반영되어 있는 저자 또는 주인공의 문학적 은유를 음미하고 문학적 담론을 상담적 담론으로 바꾸어서 자유로운 자기 성찰을 시도해 보는 것이다. 이런 의미에서 문학작품에 대한 상담의 접근은 문학적 사고와 표현력과 통찰력의 훈련을 위해서도 기능할 수 있다.

문학상담에서 '문학'이란 반드시 문학작품만을 뜻하는 것에 국한되지 않는다. 문학의 근본인 말하고 듣고 읽고 쓰는 모든 언어활동을 포함하는 것이다. 김대행 교수[13]는 그의 저서 문학이란 무엇인가에서 문학이란 일상이라고 설명하면서, 우리가 하는 말과 이야기를 통해서 생각하게 하는 것이 문학이라고 말했다. 문학은 '우리가 쓰는 언어'를 쓰며, 문학 안에 담긴 삶은 '우리 삶', 즉 '일상적 삶'과 다르지 않으며, 다만 보다 정교화되어 있을 뿐이라고 했다. 문학상담은 그런 말과 이야기를 통해 상담을 하는 것이다.

프랑스 문학사가인 가이 미쇼(Guy Michaud)[14]는 자신의 저서 문학이란 무엇인가에서 문학에 대한 여러 정의 중 하나로 "문학이란 언어를 매개로 하여, 이웃에서 이웃으로, 또 세대에서 세대로 전달되는 인간적 표현의 모든 것"이라고 제시하였다. 한마디로 넓은 의미에서 문학은 전달된 '언어'라는 것이다. '언어'로 진행되는 문학상담은 일상 언어생활에서의 말하기, 듣기, 읽기, 쓰기를 상담에 녹아들게 하여 자신의 생각과 느낌을 정확하게 표현하고 남의 말을 정확하게 듣는 과정

13. 김대행, 문학이란 무엇인가, 문학사상사, 1992
14. 가이 미쇼, 서상원 역, 문학이란 무엇인가, 스마트북, 2013

을 중요하게 여긴다. 이러한 문학활동의 특징을 한마디로 '문학적 언어'의 사용이라고 한다면, 문학상담은 문학적 언어를 기본으로 하고, 이에 더해 기존의 문학작품까지 활용한다고 할 수 있다.

문학작품의 상담학적 의의는 상담 과정에서 내담자 스스로가 겪고 있는 갈등 또는 모든 문제 양상의 핵심을 문학작품 속에서 탐색할 수 있으며, 거기에서 '시간'적인 차원에서 자신의 갈등을 재경험할 수 있다는 것이다. 같은 맥락으로 내담자는 문학의 내용과 자신의 문제를 연결시키는 인지적, 감정적 활동을 통해 자기 존재의 의미와 가치를 새롭게 이해할 수 있으며, 자기성찰과 성숙의 과정을 체험하게 된다. 문학상담의 과정을 통해서 내담자는 '자기존재의 의미와 가치의 이해에 관한 새로운 지평'에 대한 '앎'을 '삶'의 현장으로 변화시킬 수 있다.

문학상담에서 강조하는 것은 문학상담의 주어는 문학이 아니라 상담이라는 사실이다. 문학상담은 문학비평이 아니며, 문학상담자는 문학 전문가가 아니라 상담 전문가이다. 문학상담의 목표는 문학작품을 활용하거나 언어활동, 즉 말하기, 읽기, 쓰기로 진행되는 과정을 통해서 내담자가 자신이 잊고 있었던 자신의 참자아를 찾고, 아울러 자신이 잃어버렸던 자신의 언어를 찾도록 도와주는 데에 있다. 문학상담은 인간이 자신 안에 내재되어 있는 잠재능력을 개발하여 숨어 있던 자신을 찾는 일이며 자신의 언어를 되찾는 과정이다.

문학상담과 일반적 상담이 구별되는 것은 문학상담에서는 생각과 느낌을 정확한 언어로 문학적인 표현을 하는데에 좀 더 열중한다는 것이다. 나는 이것을 '문학상담의 예술성'이라고 하고 싶다. 나는 문학상담은 창의적인 예술활동이라고 생각하기 때문에 문학상담에서는 감성의 울림과 공감이 더 깊을 것이라고 예측한다. 문학상담의 예술적인 독특함과 고유성을 통해 내담자는 깊은 공감, 깊은 이해 등을 포함한 '예술적 체험'까지 할 수 있을 것이다.

문학상담의 기초

문학상담의 기초는 상담이다. 상담은 대개의 경우 상담자와 내담자가 일대일의 관계에서 상담 언어로 도움을 주고받으면서 개인의 주체성을 확립하고 타인과의 관계를 회복하도록 도와주는 과정이다. 문학상담 역시 '특별한 인간관계'에서, '특별한 언어'로, '실존적인 존재 의미와 가치'라는 결과를 찾도록 하는 데에 기초를 두고 있으며 특히 '미적 체험'을 강조한다.

문학상담의 기초를 다시 설명하면 첫째, 특별한 인간관계는 문학상담이 여타의 상담들과 공유하는 상담의 기초이다. 상담은 관계로 이루어지기 때문에 인간관계는 모든 상담의 기초이다. 상담에서의 인간관계를 '특별한 관계'라고 하는 것은 로저스[15]가 함축성 있게 표현한 것처럼 무조건적 수용, 존중, 한결같은 이해 등의 상담적 내용이 포함되는 관계이기 때문이다. 이 특별한 관계에서 중요한 것은 서로를 있

15. 칼 로저스 지음, 오제은 옮김, 칼 로저스의 사람 – 중심 상담, 학지사, 2009

는 그대로 받아들이고 인간으로 존중해 주고 이해해 주고 공감해 주는 것이다. 상담에서는 이것을 치유적이고 내담자의 성장을 돕는 의미가 있다고 인식하기 때문에 보통의 인간관계와는 아주 다른 의미를 지닌다. 문학상담에서도 '특별한 인간관계'는 문학상담의 첫 번째 기초가 된다.

둘째, 특별한 언어는 특별한 인간관계를 이루는 핵심 요소이다. 상담에서 강조하는 이 특별한 언어는 상대방이 변화할 수 있도록 유도하는 언어이며, 상대방이 생각할 수 있도록 여유를 주는 언어이자, 상대방의 마음속에 감춰져 있는 말을 끄집어낼 수 있게 하는 능력이 있는 언어이다. 특별한 언어는 '잃어버렸던 언어'를 찾는 언어이다. 마음속에 감춰져 있지만 표현하지 못했던 언어, 자신의 핵심적인 문제가 무엇인지 모르고 있다가 특별한 상담 관계에서 인문적 자기성찰을 통해서 얻게 되는 자기의 언어, 이것이 '잃어버렸던(잃어버린 줄 알고 있었던) 언어'이다. 이렇게 내담자가 '잃어버렸던 언어'를 찾도록 도울 수 있으려면 상담자는 언어구사력이 뛰어나야 한다. 문학상담에 있어 상담자의 언어구사력은 문학적인 특별한 감수성, 특별한 직관력으로부터 나올 수 있다. 문학적 감수성과 직관력은 정확한 언어를 표현하고, 적절한 은유와 상징을 사용하고 이해할 수 있는 능력으로 이어지기 때문이다.

셋째, 실존적인 존재 의미와 가치는 문학상담의 최종 목표이다. 상담자는 상담을 통해서 내담자가 자기 스스로 자기 삶의 주인이 되는 삶, 자기 나름대로의 가치 있는 삶을 찾을 수 있도록 도와주는 역할을 최고, 최상, 최종의 목표로 한다. 그런 상담을 위하여 상담자는 특별한 관계에서 특별한 언어를 통하여 미적 체험에 이를 수 있는 상담을할 수 있도록 인문적 자기성찰의 훈련을 받아야 할 필요가 있다.

넷째, 미적 체험은 문학상담을 여타의 상담과 구별짓는 체험이다. 미적 체험이란 순수한 기쁨, 몰아, 완전한 집중 등을 의미한다. 성공적인 상담 후에 느끼는 기쁨과 특정한 문학작품을 읽고 느끼는 즐거움은 모두 '예술적 체험' 혹은 '미적 체험'이라고 할 수 있다. 아무렇게나 무성의하게 전달된 언어가 아니라 특정한 의도를 가지고 주의를 기울여서 그 안에 특별한 것을 담아내어 전달할 수 있는 언어는 '예술성'을 성취했다고 할 수 있다. 문학상담은 그 능력 수준을 더 높이는 것이다. 내담자들의 이야기를 하나의 문학 텍스트에 포함된 의미를 읽어 내듯이 풍부하게 읽어 낼 수 있는 언어능력, 내담자에게 들려주고 싶은 이야기를 가장 적확한 표현으로 내담자의 마음에 울림을 줄 수 있게 표현해 내는 언어 능력, 이러한 것들이야말로 예술성을 지닌 언어라고 할 수 있다. 문학상담에서는 예술성을 지닌 특별한 언어를 통한 내담자의 '미적 체험'을 추구한다. 이러한 미적 체험은 밖에서 얻어지는 것이 아니라 내담자의 참여를 통해서 내담자 안에서 일어나는 것이다. 문학상담은 다양한 장치를 통하여 상담자와 내담자가 함께 참여하는 상호작용이므로 상담자에게도 미적 체험이 일어나는 것이 최상의 상담이라고 할 수 있다.

문학상담의 뜻

문학상담은 "전문 상담자가 내담자와 상담 관계에서 언어예술인 문학적인 표현과 통찰력으로 인간의 실존문제를 이야기로 탐색하여 잃어버린 본성과 언어를 찾아가는 상담"이라고 정의한다.

문학상담에서 문학은 수식어이고, 상담이 주어이기 때문에 문학상담은 문학비평이 아니다. 문학상담을 하는 상담자는 문학가일 필요는 없으나 반드시 전문적인 교육과 훈련을 받은 상담자여야 한다.

문학상담은 문학의 특성을 살려서 문학적으로 하는 상담이다. '문학적'이란 말은 표현의 수단인 언어를 통하여 섬세한 느낌이나 복잡한 생각들을 깊이 있게 표현할 수 있다는 의미이므로 문학적으로 할 수 있는 상담을 '문학상담'이라고 지칭한다. 문학상담은 상담 관계에서 상담자가 내담자와 그가 호소하는 문제를 문학의 특색인 정확한 관찰과 정확한 이해와 정확한 상담 언어로 표현할 수 있게 도와주면서 내담자의 잃어버렸던 언어와 본성을 찾아 깊이 공감하는 예술적 체험에까지 이를 수 있도록 하는 상담이다. 상담 관계는 상호신뢰, 무조건적 수용, 공감적 이해, 비밀보장, 진정성, 한결같음을 원칙으로 한다. 상담적 언어활동은 말하기, 듣기, 읽기, 쓰기를 포함하며 정확한 언어로 생각이나 느낌을 정확하게 표현하는 것을 격려한다.

문학상담은 문학의 언어예술로서의 측면과 문학의 궁극적인 목표가 인간 실존을 다룬다는 두 가지 측면에 주목하여 상담 내용과 과정의 차원을 높이는 시도이다.

첫째, 문학의 언어예술로서의 측면을 살펴보면, 작가들이 세심한 관찰을 바탕으로 인간과 삶을 이해하고 자신이 표현하고자 하는 바를 언어를 통해 정확하게 형상화해 냄으로써 작가 자신과 독자 모두에게 예술적 경험을 선사하는 것처럼, 문학상담은 상담 과정에서 상담자가 내담자(의 이야기)를 잘 관찰하고 이해하여 정확한 언어로 서로의 마음속 깊은 생각을 나누면서 절대적으로 공감하는 예술적 경험에 이르게 할 수 있음을 의미한다. 내담자의 이야기를 잘 듣고 이해하여 적확하게 표현하는 것은 기존의 상담에서도 하는 활동이지만, 문학상담은 문학의 언어로서의 예술성을 상담 과정에 활용하려는 것이다.

둘째, 문학의 주제가 인간과 삶에 대한 탐구라는 점을 살펴보면, 문학이 인간 존재 의미와 존재 가치와 죽음에 대한 깊은 고뇌를 문학이라는 틀로 표현하는 것처럼, 상담은 상담 관계에서 상담 언어로 이 실존의 주제인 삶과 죽음, 고독, 결단, 자유 등을 상담의 중심에 두고 다룬다. 문학은 실존 문제에 대한 해답을 찾기 위해 작가 자신의 생각을 허구적인 이야기로 제시하면서 독자들이 나름대로 깨달음을 얻게 한다. 상담은 상담자와 내담자가 실제 삶에 대해서 이야기하면서 지금까지 어떻게 살아냈는가, 어떻게 살고 있는가, 어떻게 살아야 할 것인가에 대해서 탐색한다. 모든 인간의 문제는 결국 실존과 직결되기 때문에 문학상담은 상담 과정에서 문학작품을 직접 활용하거나 문학적 정신으로 상담에 접근함으로써 인간 실존의 문제를 다룬다. 문학적 정신이란 작가들과 마찬가지로 상담자도 상담 과정에서 세밀한 관찰과 정확한 이해, 효율적인 표현을 하고자 하는 것을 의미하며, 문학적 정신을 기르기 위해서는 문학적 소양과 감수성이 필요하다. 문학상담은 단지 상담에서 문학작품을 활용하는 것 이상의 의미를 지닌다.

문학상담의 특성

문학상담의 특성은 상담의 과정과 내용에 있으며 그 특성을 다음과 같이 정리하여 설명한다.

첫째, 문학상담은 상담 과정과 내용에서 문학작품을 활용하는 것이지 문학작품을 비평하는 것이 아니다. 문학상담은 문학작품 속의 주인공과 주변 인물들의 내적인 갈등을 포함한 다양한 문제를 상담의 과정에 대입하여 문학작품의 은유를 통해서 자신을 성찰하는 상담의 모든 활동을 뜻한다.

둘째, 문학상담은 상담 과정과 내용에서 언어활동인 말하기, 듣기, 읽기, 쓰기를 적극적으로 활용하는 것이지 정교하게 문학작품을 쓰는 것이 아니다. 문학상담은 상담 과정에서 언어활동을 활용하여 내재된 잠재력을 실현하며 성장하는 총체적 인간으로서의 삶을 살도록 돕는 모든 활동을 뜻한다. 말하기, 듣기, 읽기, 쓰기로 구현되는 문학활동을 통해 한 인간의 자기서사(Self-narrative)를 재발견하고 재구성하게 함으로써 자신이 삶의 주체가 되는 동시에 '세계-내-존재'로서의 의미를 새롭게 형성해 갈 수 있도록 하는 과정이라고 할 수 있다.

셋째, 문학상담은 상담 과정과 내용에서 문학작품이나 언어활동을 동시에 활용할 수 있는 상담이다.

넷째, 문학상담은 문학작품을 매개로 자신의 감정과 신념이 녹아 있는 자기서사로 읽어내고 그 서사에 부여된 의미와 새롭게 부여할 의미를 찾는 과정으로 이루어진다. 그리하여 자신과 타인, 그리고 환경에 대한 이해를 통해 참자기를 찾는 것과 또한 위기와 갈등을 자기됨의 필연적 부분으로 파악하고, 자기 자신을 언어화함으로써 삶의 부조화와 분열을 극복하도록 돕고 발달과 성숙을 통한 총체적 성장[16]을 돕는 것이다.

다섯째, 문학상담은 상담 과정과 내용에서 내담자의 표면적인 증상을 뛰어넘어 실존 문제(죽음, 고독, 분노, 용서, 선택, 생의 의미 등)를 토의하고, 내담자를 '전체적인 인간'으로 대하면서 그 결과로 인생의 의미, 인간적인 성장, 자기다운 삶의 보람을 깨닫는 경험을 얻도록 한다. 내담자들은 우리가 생각하는 것보다 더 많이 인간의 실존 문제를 고민하고 있기 때문이다.

여섯째, 문학상담은 인간중심상담이고 실존상담이라고 할 수 있다. 무조건적 수용, 공감, 명료화, 적극적 경청, 상호신뢰, 진정성, 한결같음 등은 인간중심상담에서 추구하는 것을 문학정신으로 하는 것이다. 실존적 상담에서 상담자는 내담자의 심리적 삶의 세계에 있는 추

16. 성장은 인간 잠재능력의 무궁무진함을 신뢰하는 믿음이며, 자기 자신과 타인을 배려하고 이해하고 수용하는 자세로 인간관계를 맺는 노력이 가능하게 되는 것이다. (이혜성, 2010)

상적이고 철학적인 이슈들을 검토하고, 상담의 기술보다도 삶과 죽음에 관한 근본적인 문제를 다루기를 선호한다. 문학상담에서는 인간중심상담과 실존상담에서 추구하는 요소들을 융합하여 문학적으로 상담 과정과 내용을 이끌어 가는 것이다.

일곱째, 문학상담에는 특별한 매뉴얼이나 정해진 기술은 없으나 상담사례를 정확하게 기록하여서 문학상담의 효과를 검증한다. 문학상담의 과정을 통해서 내담자는 문학작품 속에서 얻은 '시간'과 '감정'과 '자기존재의 의미와 이해에 관한 새로운 지평'에 대한 '앎'을 '삶'의 현장으로 변화시킬 수 있다.

마지막으로, 문학상담은 내담자에 따라 창의적인 방법으로 진행되며 결과는 다양하기 때문에 통계적 처리로는 그 결과를 측정할 수 없다.

문학상담자 교육

문학상담자는 문학가일 필요는 없으나 전문 훈련을 받은 상담자여야 하기 때문에 일반적인 상담자 교육과 전문 훈련을 받아야 한다. 거기에 더하여 문학상담자는 인문적 자기성찰을 내면화하는 상담적 교육과 훈련을 받아서 문학상담의 특성에 맞게 각각의 내담자에 따라 창의적인 방법으로 상담을 진행할 수 있어야 한다. 얄롬 박사는 그의 저서 **치료의 선물**[17]에서 "각각의 환자를 위한 새로운 치료를 개발하라."고 충고하면서 "환자 한 사람 한 사람이 그만의 내적인 세계와 언어의 독창성이 있기 때문에 치료자는 각각의 환자를 위해 새로운 치료를 고안해야 한다.”고 했던 융을 언급했다.

문학상담의 특성은 상담 과정과 내용과 결과에 있으므로 그 방법은 다양하다. 다양하고 창의적인 문학상담을 하기 위하여 상담자는 ‘내담자의 문제’에 집중하는 것을 넘어서 ‘내담자의 전인적인 모습’에 집중하고 ‘내담자의 증상 제거나 치유’를 목표로 하는 것을 초월하여 ‘내담자의 인간적 성숙’을 목표로 할 수 있도록 인간을 깊이 있게 다각적으로 이해하는 훈련을 쌓아야 한다. 특별한 상담 관계에서 특별한 상담 언어를 사용하며 미적 체험에 이를 수 있도록 깊이 있는 상담을 할 수 있어야 한다. 그렇게 하기 위해서는 많이 읽고 많이 생각하고 많이 쓰는 훈련이 필요하다. 그렇다면 상담자가 지닌 인문학적 소양의 깊이와 넓이와 높이는 어디까지여야 하는가? 이 질문에 정답은 없다. 상담자는 자기가 쌓아 놓은 인문학적인 소양과 상담적인 수련에 따라 내담자를 도울 수 있을 뿐이다. 문학상담자를 위한 교육과 훈련의 한 방법으로 언어활동인 말하기, 듣기, 읽기, 쓰기를 통한 문학상담 실습을 진행할 수 있다.

문학상담에서는 상담자와 내담자의 말하기와 듣기가 중요한 도구가 된다. 내담자가 하고 싶은 말, 상담자에게 들려주고 싶어 하는 말을 하도록 상담자가 도와주어야 하며 상담자는 내담자가 하는 말을 제3의 귀로 경청해야 한다.

17. 얄롬 지음, 김창대 등 옮김, 치료의 선물, 시그마프레스, 2005

일반적인 상담 과정에서 상담자가 내담자로 하여금 아무런 제약 없이 자신의 이야기를 하도록 도와 자기이해를 촉진하도록 하는 데에 더하여, 문학상담에서는 자신의 이야기를 새로운 조망에서 말로 표현하고, 글로 쓰고, 그 말을 듣고, 그 글을 읽으면서 자기이해와 성장을 촉진하게 된다. 그러므로 문학상담의 과정과 내용에서는 말하기, 듣기, 읽기, 쓰기의 언어활동은 따로 분리되는 것이 아니라 상호보완적으로 총체적으로 이루어진다. 이 활동을 잘 진행할 수 있도록 상담자를 교육시키는 과정에서 읽기와 쓰기의 중요성에 대하여 주목해야 한다.

읽기 교육의 경우, 도서 목록을 선정하여 읽도록 한다. 문학상담의 언어활동 중 텍스트 읽기 과정이 상담자에게 있어서는 타자의 세계를 이해하고 의미를 읽어 내며 자신을 성찰하고 성장시켜 나가는 자기교육이자 훈련 방법이 되므로 반드시 읽어야 하는 도서 목록을 선정하여 '문학상담적 읽기'를 훈련하고, 이를 기반으로 계속해서 인문학적 소양을 함양할 수 있도록 해야 한다.

쓰기는 문학상담에서 이루어지는 문학활동으로서의 언어활동(읽기, 듣기, 말하기, 쓰기) 중 가장 중요한 요소이다. 진은영 교수[18]는 "쓰기는 그 어떤 활동방식보다도 성찰성을 담보하는 인간활동이며, 무엇인가 쓴다는 것은 '자기(Self)'를 표현하는 것이며 자기는 미리 결정된 방식으로 존재한다기보다는 표현하는 작업을 통해 비로소 그렇게 드러난다. 경험을 글로 쓰는 과정에서 그 경험을 인식하고 있는 현재의 자기

18. 진은영 (2014), 문학상담에 대한 몇 가지 단상, 영미문학연구회, 36, 118-141.

가 드러나게 되고 이는 자기성찰의 계기가 될 수 있다."고 언급했다. 많은 사람이 쓰기를 어려워하는 이유는 글을 쓸 때는 깊게 생각하고 정확히 표현하면서 자신의 사상, 철학을 넣어야 하기 때문이다. 그러나 이 점이 오히려 상담에서의 글 쓰기에 중요한 역할을 한다. 내담자가 진정으로 표현하고 싶은 말을 찾고 그것을 쓸 수 있게 도와줄 수 있을 때 문학적인 특성을 활용할 필요가 있다. 그러나 문학상담에서 원하는 것은 '자기이해와 자기표현으로서의 글쓰기'이지 문학작품을 쓰라는 것은 아니다. 현재 우리나라 교육에서 유일하게 이뤄지는 쓰기교육이 논술인데, 논술은 감정을 배제한 지극히 현실적이고 기교적인 글쓰기이기 때문에 문학상담에서 '자기이해와 자기표현으로서의 글쓰기'를 훈련하는 것은 더욱 중요하다고 하겠다.

문학상담의 실제[19]

문학상담 프로그램 : 나를 돌아보는 여덟 개의 방

'나를 돌아보는 여덟 개의 방'은 2014년 가을 서울문화재단에서 운영하는 문학예술공간인 연희문학창작촌에서 공모한 〈문학, 번지다〉 프로젝트에 선정된 한국상담대학원대학교 인문상담 연구팀에서 개발한 문학상담 프로그램이다. 이 프로그램은 일반 시민들이 문학 텍스트들과 다양한 문학적 표현 양식들을 활용해서 자기를 표현하고 이해할 수 있도록 돕고, 인문적 자기성찰과 치유의 힘으로 자신의 삶을 새롭게 시작할 수 있는 역량을 기를 수 있도록 문학을 활용하여 참여자들이 자신을 표현하고 성찰하는 상담 과정을 문학과 연계하는 문학상담(Literary Counseling)을 시도하는 프로그램으로 개발되었다. 문학상담은 문학이 언어예술이라는 측면과 인간 실존의 문제를 주제로 문학적 특성을 상담에 융합하여 '전문 상담자가 내담자와 상담 관계에서 언어예술인 문학적인 표현과 통찰력으로 인간의 실존 문제를 이야기로 탐색하여 잃어버린 본성과 언어를 찾아가는 상담'(이혜성, 2015)이다. 문학상담은 병리적 문제를 겪고 있는 사람들을 사회적 건강성의 표준에 맞추어 회복시킨다는 정상성의 모델을 넘어서서 모든 이의 성숙하고 성찰적인 삶을 실현시키려는 데에 목표를 둔다. 따라서 상담의 목표를 치료에 한정하기보다는 문학 텍스트가 지닌 강렬한 환기와 자극을 통해 습관적인 일상을 벗어나는 체험을 시키고, 나아가 과거의 편린들을 활용하는 예술적 작업을 통해 새롭게 자신을 표현하고 구성할 수 있게 하려고 시도한다. 따라서 나를 '돌아보는' 작업은 단순한 회고와

19. 제2회 서울국제창의예술교육심포지움(2014. 11. 3(월) 10:00~17:30), 대한상공회의소 국제회의장)에서 발표한 진은영 교수의 "문학이 말할 때 : 공생을 위하여 - 상담연계 문학 프로그램 개발 운영 사례를 중심으로"(pp. 107~118) 중에서 4. 성찰과 표현의 예술교육으로서의 문학상담 프로그램 : 나를 돌아보는 여덟 개의 방'의 내용을 발췌해서 요약했음을 밝힌다. '나를 돌아보는 여덟 개의 방'은 2014년 서울문화재단에서 운영하는 문학예술공간인 연희문학창작촌에서 공모한 〈문학, 번지다〉 프로젝트에 선정된 프로그램으로 총 5백만 원의 프로젝트 지원금을 받아 수행되었다. 지원금 이외에 프로그램 준비 과정에서는 사업팀 자체 자금 2백만 원이 소요되었다. 이 프로그램은 2014년 9월과 10월 사이 8주 동안 매주 1회씩(목요일 저녁 7~10시) 시민 40명을 대상으로 연희문학창작촌의 미디어랩과 작업 공간 곳곳에서 진행되었다. 이 프로그램에는 김소연, 바시차, 신보선, 오은, 진은영 등 다섯 명의 시인과 김지은 동화작가가 참여하였다. 작가들 이외에도 철학자 노성숙, 영문학자 정은귀, 상담심리학자 한영주 교수가 한국상담대학원대학교의 인문상담연구팀과 함께 프로그램을 진행하였다. 인문상담연구팀에서는 김성희, 박수빈, 안미선, 원종숙, 이윤지, 한유림, 함희경이 2부의 기획자이자 진행 리더로, 권용미, 김이원, 정진홍이 스태프로 참여하였다.

발견의 작업이 아니다. 그것은 상처의 순간뿐만 아니라 삶의 전 순간에서 발생한 기계적이고 수동적인 자기 반응들을 예술활동 속에서 재점검하면서 적극적이고 능동적인 자기행위로 구성하는 계기를 참여자들에게 제공하려는 작업이다. 그리고 상담에서 이러한 작업이 중요한 이유는 상담 과정이 삶의 구체적인 장면에서 자존감이 훼손되거나 제대로 수립되지 못한 상태로 소극적이고 위축된 반응을 보이는 사람들에게 자존감을 고양하고 새로운 자기 성장의 힘을 습득할 계기를 가져다주기 때문이다.

문학상담은 문학을 작품이나 문학활동을 매개로 상담자와 내담자가 서로 이야기를 나누는 '상담(相談)' 과정, 즉 대화의 과정에서 개인의 성장과 성숙을 달성하려는 활동이다. 이때 대화란 단순한 말하기를 의미하는 것이 아니라 읽고, 쓰고, 말하고, 듣는 전 과정을 포함하며, 이 활동을 '문학활동'이라고 정의한다. 문학상담 프로그램인 '나를 돌아보는 여덟 개의 방'은 참여자가 자신의 개인적 이슈들과 관련된 문학 텍스트를 읽은 후에 자신의 고유한 경험을 시나 짧은 에세이, 동화와 같은 다양한 문학적 양식을 활용해 자기 언어로 표현해 보는 과정으로 구성되었다. 문학 텍스트를 직접 다루기보다 예술가들의 창작 작업에서 차용해 온 문학적 표현활동을 사용하여 참여자 스스로 창작 작업을 수행해 보고 그 창작된 결과물에 대해 이야기를 나누고 듣는 과정을 진행하기도 하였다. 참여자의 상황에 따라 개방된 조건에서의 작업이 어려운 경우에는 상담자와의 개인상담을 진행하기도 하지만 대부분의 경우 집단 프로그램으로 진행되었다.

회기	프로그램 주제	프로그램 구성
첫 번째 방	기록 – 선물이 되는 시	1부 강연자 | 시인 2부 마음의 기록, 순간의 기억
두 번째 방	사랑 – 너의 이름	1부 강연자 | 시인 2부 언어 콜라주
세 번째 방	놀이 – 우리는 놀이를 사랑해	1부 강연자 | 시인 2부 초성놀이
네 번째 방	우정 – 말하는 돌들 교환하기	1부 강연자 | 시인 2부 우정의 단어 퀼트
다섯 번째 방	청춘 – 나의 가장 시적인 계절	1부 강연자 | 시인 2부 시인으로의 초대
여섯 번째 방	공간 – 너와 나의 공간이 열리는 곳	1부 강연자 | 영문학자 2부 공간의 재발견
일곱 번째 방	유년 – 나와 당신과 우리, 경계의 나날들	1부 강연자 | 동화작가 2부 강연자 | 상담심리학자
여덟 번째 방	향연 – 유한한 삶을 축복하는 법	1부 강연자 | 철학자 2부 토론 : 이반 일리치가 　　　우리에게 던지는 질문

　‘나를 돌아보는 여덟 개의 방’은 총 8회기의 프로그램으로 ‘기록’, ‘사랑’, ‘놀이’, ‘우정’, ‘청춘’, ‘공간’, ‘유년’, ‘향연’ 등 여덟 개의 주제로 구성되어 있으며, 각 회기는 총 2부로 이루어졌다. 1부에서는 주제에 대한 시인 및 인문학자의 강연으로 진행하였고, 2부에서는 5~6

명의 시민이 한 팀을 이루어 직접 참여하는 팀별 활동을 수행하였다. 팀별 활동의 방식은 시 쓰기, 언어 콜라주, 초성(初聲)놀이를 이용한 시 쓰기, 단어 퀼트를 활용한 집단 시 창작, 대화와 토론 등으로 다채롭게 구성하였다.

여덟 개의 주제 아래 참여자들이 작가 및 상담 전문가들과 함께 읽고, 직접 쓰고, 이야기를 나누는 활동을 통해 문학이 지닌 자기성찰과 치유의 힘을 경험함으로써 자신의 삶을 새롭게 시작할 수 있는 역량을 기르고자 하였다. 또한 참여자들이 작가나 텍스트와의 공명과 이해를 넘어 자기 자신과 소통하고 자기를 창조적으로 구성해서 잃어버렸던 자신의 언어와 본성을 찾아가는 것을 목표로 하였다.

나를 돌아보는 여덟 개의 방
프로그램의 내용[20]

첫 번째 방, 기록 – 선물이 되는 시

기록이란 무심히 지나친 시간과 사물을 내 삶의 테두리 안에서 새로운 의미로 정리하는 일이다. 이러한 기록을 연습해 봄으로써 나 자신을 포함하여 내가 사랑하는 사람들을 위해 기록이라는 선물을 마련해 보는 것이 첫 번째 방의 목표이다.

'기록 – 선물이 되는 시'를 주제로 김소연 시인의 시 쓰기와 기록에 대한 강연을 듣고, 참여자들이 직접 자신에게 의미 있는 무언가에 대해 기록해 봄으로써 기록을 통한 성찰을 시도해 보았다. 기록에서 출발한 시 쓰기에 대한 김소연 시인의 강연과 김소연 시인의 시와 글은 참여자들에게 시 쓰기에 대한 영감과 용기를 주었다. 참여자들이 직접 쓴 '기록', 곧 '시'는 두 가지 의미에서 선물이 되었다. 첫째, 기록하는 행위 자체가 기록의 대상에 대한 관심과 집중의 표현이라는 점에서 기록의 대상에게 선물이 된다. 둘째, 참여자가 자신의 삶의 어떤 부분을 '시'라는 예술의 형태로 직접 빚어냄으로써 자기 자신에게 주는 선물이 된다. 대부분의 참여자들이 처음에는 직접 시를 써야 한다는 사실에 부담감을 느끼고 어려워하였으나, 이 프로그램에서 시 쓰기라는 활동이 문학적 평가의 대상이 아니라는 점을 분명히 하고, 기록에서 출발하는 시 쓰기라는 안내를 줌으로써 부담감을 이기고 제한된 시간 안에 모두 시를 쓰는 데 성공하였다. 이 경험은 이후의 회기에서 계속해서 시 쓰기 활동을 하는 데 중요한 디딤돌이 되었으며, 무엇보다 시 쓰기가 나의 생활과 동떨어진 행위가 아니며 이를 통해 자연스럽게 나를 표현하고 돌아볼 수 있다는 인식이 생기면서 프로그램 초반에 필요한 프로그램에 대한 신뢰의 싹을 틔울 수 있었다.

두 번째 방, 사랑 – 너의 이름

사랑의 경험은 말로 표현하기 어렵다. '상실의 정서를 감당할 만한 이

20. '나를 돌아보는 여덟 개의 방' 프로그램에 참여했던 한국상담대학원대학교 인문상담연구팀의 일원인 한유림(박사 과정생)의 활동 보고서를 참고로 했음을 밝힌다.

미지로 벼려낸 시인의 시를 읽고, 우리 각자의 경험을 이미지로 재구성하는 작업을 통해 표현하기 어려웠던 감정들을 언어로 담아내 보는 것이 이 두 번째 방의 목표이다.

'사랑, 너의 이름'은 자신의 시집을 한마디로 정의한다면 '사랑에 대한 시집'이라고 말하는 박시하 시인의 강연과 박시하 시인의 시들을 이용한 언어 콜라주 활동을 통해 사랑이라는 주제와 관련하여 자신을 표현하고 성찰해 볼 수 있도록 마련되었다. 우리의 삶 자체가 사랑이며, 사랑에 이름을 지어주는 것 혹은 사랑에 대한 시를 쓰는 것이 고유한 자기 자신을 발견하는 경험이 될 수 있다는 박시하 시인의 강연과 시는 참여자들에게 사랑에 대한 시각을 넓혀주고 자신의 이야기를 떠올릴 수 있는 자극이 되었다. 두 번째 방에서 활용한 시 쓰기 방법은 첫 번째 방처럼 직접 시를 창작하는 것이 아니라 박시하 시인의 시 여러 편을 프린트하여 펼쳐 놓고 마음에 드는 구절이나 시어들을 오려낸 후 조합하여 자신의 시로 재창조하는 '언어 콜라주'라는 방법이었다. 이 활동에서 참여자들은 확연히 부담감이 줄어든 모습을 보였고, 많은 시어 중 마음에 드는 표현을 찾기 위해 굉장히 집중하였다. 또한, 그렇게 하여 재창조해 낸 결과물에 대해 다른 사람의 말을 빌려 왔는데도 결국은 나의 관심을 표현하게 되었다는 점에 대해 놀라움과 재미를 느꼈다고 평가하였다.

세 번째 방, 놀이 - 우리는 놀이를 사랑해

창의력을 불러일으키는 말놀이와 즉흥적인 단어들의 조합으로 이루어지는 시 쓰기를 통해, 놀이의 자유로움 속에서 새롭게 발견하는 나를 만난다는 것이 세 번째 방의 목표이다.

'놀이－우리는 놀이를 사랑해'는 언어가 지닌 규칙을 넘나들며 새로운 시세계를 열어가고 있는 오은 시인의 강연과 오은 시인이 제안한 말놀이로 시작하여 시를 창작하는 활동을 통해 '말(言)'에 대해 새로운 시각으로 바라보고 새로운 표현 방법을 경험하는 시간이었다. 오은 시인이 제안한 말놀이는 '초성놀이'였는데, 한 팀 안에서 두 개의 자음을 정해 그 자음을 초성으로 하는 단어를 생각할 수 있는 만큼 많이 생각해 내는 간단한 놀이였다. 이 놀이가 좋았던 것은 최소한의 규칙으로 이루어진 놀이이면서도 창의력을 발휘하는 재미는 충분히 느끼게 한다는 점이었다. 실제로 참여자들은 단 두 개의 자음만으로 70개에 이르는 단어를 찾아냈고, 서로 경쟁하듯 단어를 말하며 즐거워하였다. 또한, 그동안의 회기에서 말을 그다지 많이 하지 않아 소극적으로 보였던 참여자들도 자발적으로 한 개 이상의 단어를 말하면서 모두가 함께할 수 있다는 장점도 있었다. 이렇게 해서 찾아낸 단어들 중 참여자 각자가 마음에 드는 단어 7개를 골라, 이 단어들을 넣어서 시를 창작하였는데, 이 7개의 단어가 제약인 동시에 우연적인 시너지 효과를 낳아 참여자들이 또 한 편의 시를 창조할 수 있었다. 참여자들은 의도치 않았는데도 자신의 관심사가 반영된 시에 놀라기도 하고, 같은 단어를 골랐지만 삭사에 따라 다르게 표현되는 모습에서 또 한 번 시 속에서 자기 모습을 발견하기도 하였다.

네 번째 방, 우정 - 말하는 돌들 교환하기

진은영 시인이 선물한 시어들을 가지고 새로운 시를 창조한 심보선 시인처럼, 참여자들도 '말하는 돌들'을 교환하면서 단어가 선물이 되고, 선물이 생각이 되고, 내가 되는 우정을 나누어 보는 것이 네 번째 방의 목표이다.

'우정-말하는 돌들 교환하기'는 진은영 시인으로부터 건네받은 진은영 시인의 시 속 단어들을 가지고 새로운 시를 쓴 심보선 시인의 경험을 바탕으로 단어의 교환을 통해 우정을 맺는 시간으로 기획되었다. 참여자들에게 자신이 좋아하는 책을 가지고 오도록 한 다음, 그 책에서 마음에 드는 단어를 5개씩 뽑아 한 팀에서 모아진 단어들을 다른 팀에게 선물하고, 선물을 받은 팀에서는 참여자들이 다 같이 참여하여 그 단어들로 하나의 시를 공동으로 창작하는 방식이었다. 다양한 참여자들만큼이나 다양한 책에서 다양한 단어들이 추출되었다. 소설이나 철학책뿐 아니라 악보집과 열대어에 대한 책도 있었다. 그 결과 낯설고 이질적인 단어들을 선물 받게 된 참여자들은 난감함에 웃음을 터트렸고, 각 팀마다 머리를 맞대고 고민한 끝에 완성한 시들은 단어들의 우연한 만남이 가져온 기발한 표현과 재기발랄함으로 더 큰 웃음을 짓게 해주었다. 이러한 공동창작의 과정은 서로 모르는 사이였던 참여자들이 웃고 이야기 나누면서 보다 가까워질 수 있는 계기가 되었을 뿐 아니라 우정을 새로운 시각으로 바라볼 수 있게 해주었다. 각 팀이 서로 단어를 주고받아 완전히 새로운 시를 탄생시킨 것처럼, 같은 것을 공유할 때만이 아니라 나와 다른 상대방만의 것과 접촉하고 받아들였을 때 더 큰 가능성이 열리는 것이 우정임을 배우게 된 것이다.

다섯 번째 방, 청춘 – 나의 가장 시적인 계절

청춘을 담은 시인들의 시는 각자의 청춘의 한 페이지를 열어 보게 하는 초대장이다. 이 초대장에는 다음과 같이 쓰여 있다. "시인이 돼라!" 이 다섯 번째 방에서는 이렇게 청춘이 우리에게 주는 명령을 따라 자신의 청춘에 대해 음미하며 시인이 되어 보는 것이 목표이다.

'청춘–나의 가장 시적인 계절'은 진은영 시인의 문학적이고 철학적인 안내에 따라 뜨거운 열정만큼이나 실패와 좌절의 고통도 큰 시기인 청춘을 돌아보고, 바로 그런 고통으로부터 시작되는 것으로서의 시 쓰기를 시도해 보는 시간이었다. 진은영 시인은 자신의 시 '청춘 2'를 들어 청춘을 "모든 게 처음이어서 전부 어렵고 괴롭고 강렬"했던 시기로 규정한 다음, "시인이란, 그 마음속에는 남이 알지 못하는 깊은 고뇌를 감추고 있으면서, 그 탄식과 비명이 아름다운 음악처럼 흘러나오게 되어 있는 입술을 가지고 있는 불행한 사람"이라는 키에르케고르의 시인에 대한 정의를 소개하며 "고통받고 상처 입은 사람만이 시인이 된다."는 자신의 생각을 들려주었다. 진은영 시인의 강연이 참여자들에게 청춘과 고통에 대해 사유해 볼 수 있도록 충분한 영감을 주었고, 앞서 네 번의 회기 동안 다양한 방식의 시 쓰기를 통해 창작 작업에 한층 익숙해진 터라 참여자들은 어렵지 않게 자신의 청춘을 주제로 시를 쓸 수 있었다. 팀별로 참여자들이 쓴 시를 함께 읽고 이야기를 나누는 과정에서 도드라진 특징은 한 팀이 20대부터 많게는 60대까지 다양한 세대로 구성되어 있었음에도 '청춘'이라는 주제에 대해 공감할 수 있는 이야기가 많았다는 사실이다. 특정 시기를 청춘으로 생각하든 혹은 언제나 지금 이 순간이 청춘이라고 생각하든 청춘에 대한 이야기는 결국 삶에 대한 태도, 삶을 살아가는 방식에 대한 이야기였다.

여섯 번째 방, 공간 - 너와 나의 공간이 열리는 곳

나에게 특별한 공간이 다른 사람들의 공간과 만나 새로운 맥락 속에 놓이면 어떤 일이 일어날까? 각자 가져온 사진을 조합하여 이야기를 만들어 봄으로써 너와 나의 '공간'에 대해 새로운 의미를 창조하고 발견하는 것이 여섯 번째 방의 목표이다.

'공간-너와 나의 공간이 열리는 곳'은 내게 고유한 의미가 있는 공간에 대한 이야기가 다른 사람들의 이야기와 만나 새롭게 드러나거나 만들어지는 의미들을 살펴봄으로써 공간을 통한 나의 이해를 도모하는 시간이었다. 강연을 맡은 정은귀 교수는 뒤샹이 화장실의 변기를 새로운 예술작품으로 만들었듯이, 예술적 사유를 통해서 일상의 무의미한 공간을 새롭게 재배치하고 색다른 맥락으로 바라볼 수 있음을 역설하였다. 강연을 들은 후 참여자들은 각자 가져온 자신에게 의미 있는 공간의 사진과 그 사진을 가져온 이유를 참여자들과 나누었다. 어떤 참여자는 자신이 꿈꾸는 공간의 사진을 가져와서 다시 한 번 자신의 꿈을 향한 의지를 되새겼고, 어떤 참여자는 자신의 일상 공간의 사진을 가져와서 자신에 대해 너무 많은 것이 드러난 것이 아닐까 당황하기도 하였으며, 어떤 참여자는 아름다운 추억이 깃든 사진을 가져와 모두를 뭉클하게 하였다. 이렇게 한층 서로에게 가까워지는 이야기를 나눈 후, 준비된 도화지에 사진을 붙이고, 시의 첫 연을 사진의 주인이 쓴 다음, 롤링페이퍼처럼 그 뒤를 이어 참여자가 한 연씩 시를 이어 써서 사진의 주인에게 선물로 줄 하나의 시를 공동으로 창작하였다. 이렇게 하여 창작된 시는 여러모로 놀랍고 특별하였는데, 우선 마치 한 사람이 쓴 것처럼 자연스러운 시가 창작되어 참여자들 스스로 감탄하였고, 이런 시를 쓸 수 있을 만큼 조원들이 나의 공간과 내 이야기를 깊이 이해하고 공감했다는 사실에 서로 감동을 받았다. 각자에게 특별한 사진을 가져온 것도 중요한 역할을 했을 것이다. 이 여섯 번째 회기까지에는 모두 참여자들의 글쓰기 작업이 있었던 반면, 마지막 일곱 번째와 여덟 번째 회기는 강연과 질의응답으로만 구성되었다. 혹시라도 계속되는 글쓰기 작업에 참여자들이 지치지 않을까 하는 기우와 문학과 상담학, 문학과 철학의 만남을 보다 깊이 있게 전달하는 시간을 마련해 보고자 하는 의도에서였다.

일곱 번째 방, 유년 – 나와 당신과 우리, 경계의 나날들

우리의 유년을 돌아보게 하는 동화를 함께 읽고, 어린 시절 부모와 맺은 관계가 현재의 나에게 어떤 영향을 주고 있는지 문학적으로 또한 심리학적으로 살펴봄으로써 나 자신의 성숙을 도모해 보는 것이 일곱 번째 방의 목표이다.

'유년, 나와 당신과 우리, 경계의 나날들'은 누구에게나 비밀스러운 평생의 숙제와 같은 부모, 자녀 관계를 다룬 그림책과 동화를 함께 읽고 그 이야기에 자신을 비추어 보면서 '나의 성장'과 '타인의 성장'을 이해하는 열쇠를 찾아보는 시간으로 마련되었다. 김지은 동화작가가 그림책과 동화를 구연하듯이 생생히 전달해 주었고, 한영주 교수는 이 텍스트들에 담긴 유년의 이야기들을 보편적인 우리의 이야기로 재해석하여 어린 시절 부모와의 관계가 아이에게 미치는 영향과 현재의 나에게 미치는 영향 등에 대한 상담학적 함의를 설명해 주었다. 강연 후 이어진 질의응답 시간에는 많은 질문이 쏟아져서 이 주제가 많은 사람들에게 공감을 얻는다는 사실과 함께 문학과 상담학의 만남이 보다 많은 사람이 문학과 상담을 접하고 시너지를 낼 수 있는 통로임을 확인할 수 있었다.

여덟 번째 방, 향연 – 유한한 삶을 축복하는 법

우리에게 주어진 시간은 유한하다. 그리고 우리의 만남은 유한함 가운데 이루어지기에 더 소중하다. '죽음'을 주제로 한 문학작품과 철학사상을 통해 죽음과 삶을 대하는 자신의 태도를 성찰하고 새로이 해보는 것이 이 마지막 방의 목표이다.

'향연-유한한 삶을 축복하는 법'은 철학상담을 가르치고 있는 노성숙 교수의 안내로 죽음을 정면으로 다루고 있는 톨스토이의 작품, 이반 일리치의 죽음과 인간은 '죽음을 향한 존재'라고 말한 하이데거의 사상을 살펴봄으로써 죽음에 직면한 실존의 의미를 함께 검토하고 성찰하는 시간을 가졌다. 인간이라면 누구나 피해 갈 수 없는 유한성의 가장 극단적인 조건은 죽음이다. 그러나 바로 그 죽음에 대한 성찰이 지금 이 순간의 삶을 향연으로 바꾸는 열쇠가 될 수도 있다. 이번 시간은 이처럼 문학과 철학의 통찰력과 지혜가 힘과 위로를 줄 수 있다는 점에서 인문상담과 문학상담의 가능성을 확인할 수 있는 시간이기도 했다. 이 시간에도 마찬가지로 강연에 이어 질의응답 시간을 가졌으며, 조금은 무겁고 심각할 수 있는 '죽음'이라는 주제를 오히려 함께 이야기 나눔으로써 진지하면서도 자연스럽게 생각해 볼 수 있어서 좋았다는 참여자들의 평가를 얻었다.

나를 돌아보는 여덟 개의 방 프로그램의 문학상담적 함의

문학의 상담적 접근의 유효성

'나를 돌아보는 여덟 개의 방' 프로그램에서 문학을 상담적으로 접근한 방식은 크게 두 가지로 설명할 수 있다. 하나는 참여자들이 직접 시를 창작하고 그것을 매개로 참여자들과 이야기 나누는 방식이고, 다른 하나는 기존의 문학작품을 심리상담 및 철학상담적으로 해석한 강의이다. 전자의 방법은 참여자들이 시 쓰기에 대해 가지고 있던 부담을 깨트리고 자기표현의 즐거움을 느끼게 해준 한편, 시에서 드러나는 자신의 모습을 확인하고 자신의 시에 대한 참여자들의 감상을 들으면서 자연스럽게 자신을 성찰하게 되는 효과가 있었다. 후자의 방법은 참여자들에게는 낯선 상담이론과 철학의 내용을 특정 문학작품을 매개로 우리들 자신에게 적용할 수 있게 풀어낸 강의를 들으면서 참여자들이 새로운 통찰을 얻을 수 있는 효과가 있었다.

프로그램 리더이자 상담자로서 '문학에 대한 상담적 접근' 방법은 참여자에게 다가가고 참여자의 이야기를 이끌어 내며 참여자들 간의 상호작용을 촉진할 수 있는 효과적인 수단이었다. 1시간 반 정도의 짧은 시간 동안 집단에 참여하는 참여자들이 자연스럽고도 안전하게 자신을 개방하게 하는 것은 어려운 일이다. 하지만 참여자가 직접 쓴 시는 자기 자신에 의해 자기개방의 수준이 조절되고, 은유와 상징이라는 형식을 통해 덜 직접적으로 표현되기 때문에 자기개방을 한층 안전하게 만들어 주었다. 또한 리더는 다른 사람의 시에 대한 참여자의 반응이나 참여자 자신이 직접 쓴 시를 통해 자연스럽게 한 명씩 모든 참여자에게 관심을 기울이고 질문을 던져 이야기를 끌어낼 수 있었다. 또한 참여자들 간의 상호작용도 시를 쓴 당사자에 대한 평가나 시에 대한 문학적 평가가 아니라 감상자의 느낌을 중심에 두도록 함으로써 서로의 자기성찰에 도움이 될 수 있었다.

문학상담 실행 방법의 다양성

'나를 돌아보는 여덟 개의 방' 프로그램은 강연과 팀별 활동이라는 두 축으로 구성되었다. 이 중 강연이 가진 문학상담적 함의를 먼저 살펴보면, '여덟 개의 방'은 각각 기록, 사랑, 놀이, 우정, 청춘, 공간, 유년, 죽음이라는 여덟 개의 주제로 구성되었는데, 이 중 기록, 사랑, 놀이, 우정, 청춘에 대해서는 시인들이, 공간에 대해서는 영문학자가, 유년에 대해서는 동화작가와 상담학자가 함께, 죽음에 대해서는 철학자가 강연을 맡았다. 주제는 각기 달랐지만 공통적이었던 것은 강연을 통해 그 주제를 바라보는 새로운 시각과 깊이 있는 이해를 접할 수 있었다는 점이다. 시인들에게서는 특히 그 주제에 대한 시인의 사유가 시로 구현되는 과정에 대해 들으면서 일상을 포착하여 예술로 승화시키는 방법에 대해 배울 수 있었고, 학자들의 강연에서는 문학을 매개로 하여 인문학 및 상담학의 지식을 접함으로써 그 지식을 우리의 삶의 맥락으로 가져와 이해하는 방법을 배울 수 있었다. 이는 팀별 프로그램을 진행한 리더들의 인문학적 소양과 예술적 감수성을 키우는 데 도움이 되었을 뿐 아니라 강연 이후 참여자들이 쓴 시를 함께 읽고 이야기를 나누는 데 있어 더 넓고 깊게 바라보고 귀 기울일 수 있도록 준비시켜 주었다.

✳

팀별 활동의 문학상담적 함의를 크게 두 가지로 나누어 살펴보고자 한다.

첫째, 시인들이 쓴 시뿐 아니라 참여자들이 직접 쓴 시를 함께 읽고 서로의 감상을 나누면서 진정으로 시를 음미하고 향유하는 법을 배울 수 있었다. 시를 진정으로 음미하고 향유하는 법은 학교 교육에서 배우는 것처럼 시를 분석적으로 이해하려고 하는 것도 아니고, 문학적 성취에 대해 비평하려고 하는 것도 아니었다. 시를 소리 내어 읽고, 시 구절, 시어 하나하나로부터 내가 어떤 느낌을 받고 무엇이 떠오르는지를 살펴보는 것, 그것이 바로 시의 참맛을 체험하는 방법이자 동시에 나 자신의 감각과 감정에 귀를 기울이고 알아차리는 방법이었다. 거울처럼 시에 대한 나의 반응은 곧 나를 비춰 주었다. 게다가 이 거울에 비친 '나'는 은유와 상징에 쌓여 있어 지나치게 날카롭지 않으면서 예술적 승화의 가능성까지 열어 주고 있었다는 점에서 문학상담의 의의를 확인시켜 주었다. 또한, 리더들이 자신의 감각과 감정에 귀 기울이는 훈련을 하는 것은 참여자의 이야기를 들을 때 자신에게서 일어나는 감정을 알아차리는 데에도 도움이 되었고, 참여자들이 시를 매개로 표현하는 감정에도 보다 민감해질 수 있도록 일깨워 주었다.

둘째, 시 쓰기는 참여자들의 마음을 열어 주었을 뿐 아니라 그 마음을 서로 나눌 수 있도록 만들어 준 매개가 되었다. 여덟 회기라는 상대적으로 짧은 시간 동안 진행된 집단 프로그램에서 시 쓰기는 참여자들이 마음의 문을 열고 안전하게 자신의 이야기를 나누며 충분한 따뜻함과 지지를 나누는 것을 가능하게 했다. 이 부분은 특히 초보 상담자로서 집단 프로그램을 이끌어야 하는 리더들에게 큰 힘이 되었다. 참여자들이 처음에는 시 쓰기라는 활동에 대해 어렵고 부담스럽게 생각하였다. 하지만 막상 경험하고 난 후에는 전체 프로그램 중에서 직접 시를 쓰고 함께 나누는 과정이 가장 좋다는 피드백을 주었을 만큼 시 쓰기 활동은 참여자들의 적극적인 참여와 커다란 호응을 이끌어 내었다. 이는 '여덟 개의 방' 프로그램에서의 시 쓰기와 나누기가 예술적 평가가 아니라 나를 표현하고 성찰하는 데에 초점을 맞춘 활동으로 마련되었기 때문에 가능했을 것이다.

문학상담을 통한
'잃어버렸던 자신의 언어, 자기 자신' 찾기

프로그램에서 '시 쓰기' 과정을 기획할 때 중요하게 생각했던 것은 참여자들이 어떤 주제 혹은 소재로부터 자신의 이야기를 떠올려 시 쓰기로 이어질 수 있도록 적절한 자극을 제공하느냐는 것이었다. 실제로 참여자들은 시를 쓰기 위해 자연스럽게 자신에 대해 돌아보게 되었고, 그렇게 떠올린 이야기들 중 자신이 기록하고 싶은 것들을 골라 시로 써 내려갔다. 또한, 개별적인 창작 외에 공동 창작활동도 있어서 다 함께 하나의 시를 완성하거나, 롤링페이퍼처럼 참여자들이 한 줄씩 혹은 한 연씩 이어 써서 모두에게 하나씩 공동시가 창작되도록 했던 시간도 있었다. 이 작업은 유쾌한 놀이의 경험이자 참여자들 간의 친밀감과 유대감을 높여주기도 하였다. 특히, 롤링페이퍼처럼 한 사람을 위해 모두가 하나의 시를 이어 쓰는 활동에서는 그 시를 쓰기 위해 그 사람의 이야기에 귀를 기울이고 그 사람을 생각하며 시를 쓰면서 공동 시 자체가 공감과 이해의 마음을 담은 하나의 선물이 되는 효과가 있었다. '시 나누기' 과정에서는 비평이 아니라 그 시가 내게 어떤 느낌과 생각을 불러일으키는지에 대해 구체적으로 시어나 시 구절을 짚어가며 이야기하도록 안내하였다. 이 안내를 따라 그 시의 작가 외의 다른 참여자들은 시의 의미에 대해 캐묻기보다는 그 시가 자신들에게 어떻게 와 닿았는지를 이야기할 수 있었다. 이러한 소감 나누기에는 두 가지 효과가 있는데, 하나는 해당 시의 작가에게 일어나는 효과이고 다른 하나는 독자들에게 일어나는 효과이다. 작가에게 일어나는 효과는 자신의 시에 대한 공감적 반응을 얻으면서 이해와 지지를 받을 수 있다는 것, 그리고 때로는 자신이 쓰고도 다 알아차리지 못했던 부분들을 다른 참여자들의 해석을 통해 새롭게 발견할 수 있게 된다는 것이다. 자신이 잃어버렸던 자신의 언어를 찾고 자신이 의식하지 못하고 있었던 자기 자신을 돌아볼 수 있게 된다는 것이다.

문학상담자의 역할

이러한 '시 쓰기'와 '시 나누기'의 과정이 프로그램 기획단계에서부터 의도되어 구조화되어 있었기 때문에, 프로그램을 진행하는 상담자의 역할은 참여자들의 성찰 과정에 직접적으로 개입하는 것이 아니라 참여자들이 이 과정을 제대로 체험할 수 있도록 안내하는 것에 초점이 맞춰졌다. 상담자가 참여자들로부터 이야기를 이끌어 내기 위해 애쓰지 않아도, 참여자들이 쓴 시를 통해, 그리고 그 시에 대한 반응을 통해 이미 이야기들이 펼쳐지고 있었고, 참여자들이 쓴 시가 거울이 되어 자신들을 비춰 주었기 때문에 상담자가 아니라 참여자가 자신의 성찰 과정을 주도할 수 있었다. 즉, '시 쓰기'가 내담자가 마음을 열고 이야기를 꺼내 놓으며 그것이 성찰로까지 이어질 수 있도록 하는 장치가 됨으로써 상담자에게도 상담을 진행하는 데 있어서 큰 도움이 된 것이다. 이 장치를 활용하면서 상담자는 안내자로서 참여자들이 이 과정을 잘 체험할 수 있도록 펼쳐진 이야기들에 공감하고 지지하면서 때로 성찰을 돕는 질문을 통해 초점화하고 이야기를 갈무리할 수 있도록 돕는 데에만 주력할 수 있었다.

'나를 돌아보는 여덟 개의 방'에서는 문학작품이나 문학활동을 시를 읽고, 감상하고, 쓰고, 시에 대한 느낌을 서로 이야기하는 내용으로 구성되었고 문학상담의 목표는 자신을 돌아보면서 잃어버렸던 자신의 언어와 자신의 모습을 찾아보는 데에 있었다. '나를 돌아보는 여덟 개의 방'에서 시를 활용했던 것과 같은 방법으로 문학상담에서 활용하는 문학작품은 소설, 수필, 희곡 등 다양한 장르를 포함한다. 또한 '나를 돌아보는 여덟 개의 방'에서와 마찬가지로 문학상담은 말하고, 듣고, 읽고, 쓰기를 통한 문학활동을 통해서도 다양하게 진행시킬 수 있으며 개인상담으로도 활용할 수 있다.

문학상담은 자기의 주체성을 확립하고 타인과의 관계를 회복하는 상담의 근본 목표를 다양한 방법으로 실현할 수 있을 것이라고 확신한다.

에필로그

　　때때로 나는 "상담은 나에게 있어서 무엇인가?"라고 자문자답을 하곤 한다. 그럴 때마다 나는 주저하지 않고 "상담은 일상생활에서 내가 성숙한 태도로 살아갈 수 있도록 이끌어 주는 나의 존재방식이다. 삶은 상담의 시작이며 삶은 곧 상담이다."라고 대답한다. 나는 내가 상담을 공부하는 학도이며 상담을 실천하는 상담자라는 사실에 깊은 만족감과 자부심을 느끼며 살고 있다.

　　상담은 인간이 자기다운 삶의 보람과 의미를 찾아, 삶 속의 삶을 탐색해 가는 길에 불을 밝혀주는 역할을 하는 가이드이다. 인간은 태어날 때는 예측불허의 가능성을 응축된 상태로 품고 있는 불완전한 존재이지만 그 응축된 가능성을 어떻게 풀어내느냐에 따라서 무궁무진한 능력을 발휘하는 인간으로 성장한다. 이를 목격하면서 나는 감격한다. 인간의 내부에 존재하는 성장하려는 본래의 힘, 더 좋은 삶을 향한 끈질긴 노력, 한마디로 인간 능력의 높이와 넓이와 깊이는 무한하다고 나는 느낀다.

40여 년에 걸친 교육자로서의 생활을 통해 내가 가장 깊이 감격하는 경우는 학생 시절의 모습과 성숙한 사회인으로서의 모습이 전혀 다른 제자들을 볼 때이다. 평범하고 조용해서 눈에 띄지 않았던 학생이 자기 분야에서 뚜렷한 위치를 가지고 유능하고 성숙한 지도자로서 활동하는 것을 볼 때 나는 희열을 느낀다. 그의 내부에 존재하고 있는 강렬한 잠재력을 미처 알아보지 못했던 교육자로서의 자질이 부끄럽게 느껴지기도 한다. 반면에 학생 시절에 뛰어난 성적으로 동급생들을 주눅들게 하던 총명했던 학생이 그 기대에 어울리지 않게 옹졸하고 소심하고 불안해하는 성인으로 자란 모습을 볼 때는 너무나 안타깝다. 그의 내부에 잠재해 있던 가능성이 일찍 고갈된 것이 아쉽고 교육자로서 그 가능성을 계속해서 성숙시켜 주지 못한 것이 죄스럽다. 이렇게 다른 결과가 나타나는 현상을 한두 마디로 설명할 수는 없지만, 상담자로서 나는 인간 능력을 키워 주는 힘은 정직하고 한결같은 격려와 믿음, 그리고 건강한 동기 부여에 있다고 생각한다. 그런 인간의 능력을 전문적으로 연구하는 것이 상담(학)이고 그런 일을 실제로 하는 것이 상담자의 역할이라고 생각하면서 그 과정의 핵심이 되는 것이 인문적 자기성찰이라고 나름대로 판단한다.

발달단계와는 상관없이 인간은 실존적인 문제인, "어떻게 사는 것이 나의 인생을 의미 있게 구축하는 길일까?"를 끊임없이 물으면서 살아간다고 한다. 지금 우리의 현실이 너무나 급하게 변하면서 극심한 경쟁을 뚫고 살아야 하기 때문에 젊은이들은 생존경쟁에 필요한 능력을 키우기에 집중하느라 자기능력과는 상관도 없이 쓸데없는 열등감과 쓸데없는 우월감에 쫓기고 있으면서 인문적 자기성찰을 할 여유도 없고 할 줄도 모른다. 앞으로의 상담은 이런 일에 관심을 가지면서 상담의 새로운 지평을 열어 가야 한다고 생각한다.

근본적으로 상담은 인간의 마음과 행동이 더 긍정적이고 더 좋은 방향으로 변화하는 데에 초점을 맞추면서 자기의 주체성을 확립하고 타인과의 관계를 확립시킬 수 있도록 도와주는 과정이라고 나는 생각하고 있다. 상담자로서 나는 일상생활에서 만나는 모든 사람을 대할 때 눈에 보이거나 보이지 않는 장점을 찾고, 하고자 하는 일을 격려하고, 계획하는 일에 동기를 부여하고, 진심에서 우러나오는 관심을 가져주고 상처 주는 말을 삼가려고 노력한다. 내가 구축하고 있는 문학상담에 많은 영감을 주고 있는, 내가 존경하는 스탠포드대학교의 명예교수이며 정신과 의사인 어빈 얄롬 박사는 자신의 치료자로서의 역할[21]에 대한 보람과 희열을 다음과 같이 표현했다.

21. 루스엘런 조셀슨 지음, 이혜성 옮김, 심리치료와 인간의 조건, 시그마프레스, 2008 p.164

치료자로서의 삶은 봉사의 삶이다. 매일 개인적인 소원과 관심을 다른 사람의 성장과 필요에로 향하는 봉사. 나의 기쁨은 환자들의 성장을 보는 데에만 있는 것이 아니라 그에 따르는 파급효과, 즉 환자들이 삶에서 만나는 사람들에게 끼치는 유익한 영향을 바라보는 데에 있다. 매일 환자들은 그들의 비밀, 때로는 전에 다른 사람과 한 번도 공유하지 못했던 비밀을 털어놓는 것으로 나를 영광스럽게 만든다. 그런 비밀을 받아들이는 것은 아무나 가질 수 있는 특권이 아니다. 그 비밀은 사회적인 장식이나 역할극이나 허세나 연기 따위가 없는 인간 조건의 뒷모습을 보게 한다. 그래서 나는 인간 조건의 진실과 비극을 제대로 명백하게 알게 되는 축복을 받고 있다. 치료자는 지성적으로 도전을 받는다. 치료자는 가장 웅대하고 가장 복합적인 추구, 즉 인간 정신의 발달, 기능, 유지를 탐구하는 곳으로 빠져들어 탐색하는 탐험가이다. 치료자는 환자가 오랫동안 지녀오던 자기 파괴적인 행동양식을 내버리고, 해묵은 불평에서 벗어나 삶의 열정을 갖게 되고 치료자를 사랑하게 되고, 다른 사람들을 사랑하게 되는 것을 주시하고 있다. 때때로 치료자인 나는 환자들이 자기들의 집을 둘러보도록 안내하는 가이드처럼 느낀다. 환자들이 자기 집에 있지만 한 번도 들어가 보지 못한 방문을 열어 보게 하고 갇혀 있던 날개를 발견하게 하는 것……. 자신에게 잠재해 있는 현명하고 아름다운 그리고 창의적인 부분들을 빌견해 가는 것을 지켜볼 수 있다는 것은 얼마나 대단한 대접인가, 그리고 기쁨인가! 존경스럽고 영광스러운 치료자의 반열에 내가 속해 있다는 것은 아주 특별한 특권이라는 생각이 나를 항상 감동시킨다. 우리들 치료자들은 심리치료의 선조들인 니체, 쇼펜하우어, 키에르케고르에 이르기까지, 그뿐만 아니라 유사 이래로 인간의 절망을 치유해 주던 훌륭한 분들 예수, 석가, 플라톤, 소크라테스, 히포크라테스, 그리고 위대했던 종교 지도자들, 철학자들, 그리고 의사들에 이르기까지 내가 그들과 같은 전통의 일부분에 속해 있다는 것은 특별한 특권이다."

- 심리치료와 인간의 조건, 어빈 D. 얄롬

나는 그의 문장 속에 나오는 '치료자'를 '상담자'로, '환자'를 '내담자'로 바꾸어서 그의 생각을 나의 상담자로서의 생활 좌우명으로 삼고 있다. 상담자의 삶을 '봉사의 삶', '지성적으로 도전을 받는 삶', '가능성을 탐색하는 탐험가', '내담자가 자기의 방을 들여다보게 하는 안내자'로 정의하고 상담자의 기쁨을 '내담자의 성장을 바라보는 기쁨', '내담자 안에 감추어져 있는 현명하고 아름다운 그리고 창의적인 부분을 찾아주고 갇혀 있던 날개를 발견하게 하는 기쁨'으로 표현한 그의 문장에 나는 완전히 동의하면서 압도당한다. 나는 내가 상담자로서 느끼는 기쁨과 보람을 얄롬 박사가 묘사한 것처럼 표현할 수 없어서 그의 문장을 그대로 인용하면서 그의 통찰력과 표현력에 감격할 수밖에 없다.

나는 상담 과정과 내용이 상담을 하는 사람이나 상담을 받으러 오는 사람에게 잃어버렸던 자신을 찾아 자기 자신이 삶의 주인이 되는 더 좋은 삶, 더 가치 있는 삶을 계획하는 터전이 되기를 소망한다. 이

것이 상담자로서의 나의 꿈이고 나는 이 꿈을 실현하기 위해서 노력
하면서 살아갈 것이다.

참·고·문·헌

김대행(1992). 문학이란 무엇인가 문학사상사, 1999.

서울문화재단(2015). 연희문화창작촌 2015 연희, 2015.

서은국(2014). 행복의 기원 21세기북스. 2014.

신경숙(2008). 엄마를 부탁해 창비, 2008.

우애령(2009). 숲으로 가는 사람들. 하늘채, 2009.

이장호, 이동귀(2014). 상담심리학, 제5판, 박영사, 2014.

진은영 (2014). 문학상담에 대한 몇 가지 단상. 영미문학연구회, 36, 118-141.

천성문 등(2015). 상담심리학의 이론과 실제 제3판, 학지사, 2015.

Arbuckle, D. (1970), Counseling: Philosophy, Theory and Practice, 2nd ed.
Allyn and Bacon, Inc, Boston, Mass.

Corey, G. (2009), Theory and Practice of Counseling and Psychotherapy, 8th ed.
(심리상담과 치료의 이론과 실제), 조현춘 등 옮김, 시그마프레스, 2010.

Corey, G. (2010), Creting Your Professional Path (성장하는 상담전문가의 길), 김인
규 역, 학지사, 2014.

Corsini, R. (1991), Five Therapists and One Client (다섯 명의 치료자와 한 명의 내담
자), 이혜성 옮김, 이화여자대학교 출판부, 1997.

George, R.L. & Cristiani, T.S., Counseling, Theory ansd Practice (3rd ed.), Allyn and Bacon, 1990.

Josselson, R.(2008), Irvin D. Yalom on Psychotherapy and the Human Condition (어빈 얄롬의 심리치료와 인간의 조건), 이혜성 옮김, 시그마프레스, 2008.

Meier, S.T. & Davis, S. (2011), The Elements of Counseling 7th ed. (상담의 디딤돌), 유성경 이동렬 공역, 학지사, 2015.

Patterson, C.H., Theories of Counseling and Psychotherapy (2nd ed.), Harper & Row Publishers, 1973.

Rogers, C. R. (1980), A Way of Being (사람–중심 상담), 오제은 옮김, 학지사, 2007.

Schultz, D. (1977), Growth Psychology (성장심리학), 이혜성 옮김, 이화여자대학 교출판부, 2006.

Seligman, L., Reichenberg, L. W., Theories of Counseling and Psychotherapy (4th ed.) (상담 및 심리치료의 이론), 김영혜 등 옮김, 시그마프레스, 2014.

Shertzer, B., & Stone, S. (1980), Foundations of Counseling(3rd ed.) Boston: Houghton Mifflin.

Tudor, D. (2013), Korea, the Impossible Country (기적을 이룬 나라 기쁨을 잃은 나라) 노정태 옮김, 문학동네, 2012.

Vaillent, G.E. (2009), What Makes Us Happy? (행복의조건) 이덕남 옮김, 프론티어, 2010.

Yalom, I. D. (1974), Everyday Gets a Little Closer (매일 조금 더 가까이), 이혜성, 최한나 옮김, 시그마프레스, 2010.

Yalom, I. D. (1989), Love's Executioner (나는 사랑의 처형자가 되기 싫다), 최윤미 옮김, 시그마프레스, 2001.

Yalom, I. D. (1992), When Nietzsche Wept (니체가 눈물을 흘릴 때), 임옥희 옮김, 필로소픽, 2014.

Yalom, I. D. (1996), Lying on the Couch (카우치에 누워서), 이혜성 옮김. 시그마프레스, 2007.

Yalom, I. D. (1998), Yalom Reader (얄롬을 읽는다), 최한나역, 시그마프레스, 2010.

Yalom, I. D. (2000), Momma and the Meaning of Life (폴라와의 여행), 이혜성 옮김, 시그마프레스, 2006.

Yalom, I. D. (2002), The Gift of Therapy (치료의 선물), 김창대 등 옮김, 시그마프레스, 2005.

Yalom, I. D. (2006), The Schopenhauer Cure (쇼펜하우어, 집단심리치료), 이혜성 최윤미 옮김, 시그마프레스, 2006

Yalom, I. D. (2008), Staring at the Sun (보다 냉정하게 보다 용기있게), 이혜성 옮김, 2008

Yalom, I. D. (2013), Spinoza Problem (스피노자 프로블럼), 이혜성 옮김, 시그마프레스, 2013.

Yalom, I. D. (2015), Creatures of a Day (삶과 죽음 사이에 서서), 이혜성 옮김, 시그마프레스, 2015.

PART

02

상담과 사랑,

마음 놓고 끝없이

희수를 맞이하면서 내 삶의 화두가 '상담'과 '사랑'이었음을 새삼스럽게 절감한다. 상담과 사랑을 '마음 놓고 끝없이' 이어갈 수 있도록 내 삶에 빛을 더해 준 나의 아버지와 나의 남편에게 깊은 감사를 드린다. 나의 아버지는 늦은 나이에 결혼을 하는 나에게 '結婚은 結魂이어야 한다'는 금언을 제목으로 43년간의 나의 일생을 손수 손글씨로 적어서 선물로 주셨다. 나의 스승이요, 멘토요, 카운슬러이셨던 아버지의 이 큰 선물을 30여 년간 보물처럼 품고 있다가 희수를 맞는 금년에 활자화하기로 했다. 31년간의 결혼생활을 값진 것으로 만들어 준 나의 남편은 내가 천직으로 알고 있는 상담에 대한 나의 열정을 '마음 놓고 끝없이' 펼쳐 나갈 수 있도록 학교를 세워 주는 큰 은혜를 베풀고 먼저 저세상으로 떠났다. 아버지께서 나에게 써 주신 글과 내가 남편을 위해 썼던 글들을 희수를 기념하는 책에 넣는 것이 격에 맞지 않는 것 같기도 하지만 "칠십이 되어서는 마음이 하고자 하는 바를 따라도 법에 지나침이 없다(七十而 從心所欲不踰矩)"라고 하신 공자의 선언에 용기를 얻어서 책에 실었다. 이 글들을 쓰면서 나는 많은 위로를 얻고 이런 '글쓰기'가 문학상담의 빼놓을 수 없는 훈련임을 체험했다. 나는 나의 일생을 아름다운 선물로 채워 주고 가신 아버지와 남편의 사랑을 되새겨 보는 것으로 나의 희수를 기념하고 싶다.

01

출가하는 둘째딸
星 박사에게*

감사

나는 감사한다.

너에게 이 글을 쓸 수 있게 된 일, 이 놀라운 기쁨을……

너를 기쁜 마음으로 떠나보낼 수 있는 이 뜨거운 섭리를……

너와 吳君을 나란히 앉혀 놓고

간절히 바라볼 수 있는 이 정겨운 혜택을……

結婚은 바로 結魂이니라. 結魂으로 융합하고, 結魂으로 성숙하고 結魂으로 창조하고 結魂으로 成就하라. 結婚은 곧 結魂이어야 하느니라.

結婚은 곧 結魂이니라

바로 '大器晚成'이라는 말 그대로 이제 느지막이 하늘이 보내주시는 배필 夫君을 맞아, 이제 너의 '새 人生'을 출발하는 딸에게 무한한 축복을 보내면서 이 글을 초한다.

이제 너는, 네 가락으로 네 노래를 부르면서, 너의 빛, 너의 향기를 마음껏 뿜어내기를 바라면서, 너의 오늘까지의 歷程을 더듬어보고 아울러 '너희'에 대한 간곡한 당부를 정리해 보련다.

※

3~4개월 전……

이번 婚談이 차츰 陽性化하여 아름답게 무르익어 가던 어느 날 새벽, 흐뭇한 표정으로 너를 바라보는 아버지 어머니의 視線을 반기면서 너는 조심조심 말하더라.

"죄송합니다. 제 생각으로는, 아버지와 어머니는 제가 一生 동안

* '출가하는 둘째 딸 玉 박사에게'는 1981년 2월 21일 나의 결혼식 날 아침에 아버지로부터 받은 보배로운 결혼선물이다. 성실, 최선, 정진의 태도로 일생을 살아오신 나의 아버지는 늦게 결혼하는 딸을 위해 몇 날 밤을 지새우시면서 '출가하는 딸'에게 주는 글을 쓰시면서 '結婚은 結魂이어야 한다'라는 간곡한 금언록을 만들어 주셨다. 펜에 잉크를 묻혀서 손수 한 글자 한 글자 정확하게 나의 일생을 간추려서 쓰시느라고 책상에 앉아계시던 아버지의 모습을 생각하면 지금도 나는 마음이 아프도록 뭉클한 감동과 감사함으로 가슴이 뛴다. 세상을 떠나신 지 25년이나 지났지만 아버지는 영원한 나의 멘토이시다.

결혼하지 않고 독신으로 있으면서 학문 연구에만 몰두하기를 바라시는 줄로만 알고 있었어요. 그것을 생각할 때, 참으로 죄송하고 송구스러워요."

그러나 아버지 어머니의 생각은 결코 그렇지만은 않았었다. 그래서 나는 분명히 다음과 같이 말했던 것을 기억한다.

"아니다. 아니다. 우리(아버지 어머니)는 참으로 기뻐하고 있다. 일이 이렇게 되어 주기를 아버지 어머니는 은연중 얼마나 바라고 있었는지 모른다. 그리고 또한 아버지 어머니가 진심으로 만족하게 생각하는 것은 너희 두 사람이 그리도 좋아하는 정경이다. 잠시도 떨어져 있지 못하고 서로 함께 있고 싶어 하고, 함께 있기만 하면 무한히 기뻐하는 그 행복스런 표정을 우리는 진정으로 洽足하게 생각하고 있다……."

그렇게 말하면서 우리 세 사람은 함께 즐겁게 웃었었다.

결국 네 父母의 심정은, 珏에게 결혼 이야기를 건네는 것은 너의 평온한 심정에 공연한 돌팔매를 하는 것 같고, 또 자칫하면 네 조용한 학구심에 공연한 파문을 일으켜 줄 것도 같아서, 말을 걸지도 못하고, 그렇다고 그냥 묵과할 수도 없고 그래서 결국, 이러지도 못하고 저러지도 못하는 채, 엉거주춤하고 있었다는 것이 네 父母의 솔직한 心中이었던 것이다.

결혼은, 우리가 보람 있는 삶을 누리기 위해 반드시 가져야 하는

종요로운 질서인 것 아니냐!

吳君은 너에게 꼭 필요한 사람이니까 하늘은 그를 너에게 보내주셨고 너는 吳君에게 꼭 있어야 할 사람이기 때문에 하늘은 너를 擇하신

것이다.

그런 심정에서, 아버지가 너희에게 첫 번째로 보내는 말은 "結婚은 곧 結魂이어야 한다."는 나의 기원이다.

이미 不惑을 넘은 知性人인 너희 內外가 이렇듯 중대한 결정을 결정짓는 과정에서 어찌 소홀함이 있었겠느냐마는 너희의 結婚이 진정한 結魂이기를 나의 깊은 內心으로부터 소망하고 기원한다.

두 남녀의 魂과 魂의 결합처럼 아름다운 것이 이 世上 또 어디에 있겠느냐!

너희 두 생명은 이제 더 없이 깊은 '사랑과 존경과 이해와 협조' 속에서 두 영혼의 결합을 이루어야 한다.

되풀이 밝혀두자. 吳君은 너에게 꼭 있어야 할 사람이니까 하늘은 그를 너에게 보내주셨고 너는 吳君에게 꼭 있어야 할 사람이기 때문에 하늘은 너를 擇하신 것이다.

기-ㄴ 旅路

참으로 기-ㄴ 旅路이었다.

흔히 말하기를 나이 30이면 소위 而立이라고 하여 '학식과 인격이 확고히 선 知性人으로서 自立해서 사회참여를 하게 된다.'는 것이 일반적인 定說로 되어 있거니와 너는 이미 학문과 식견과 주장이 확립한 그 '而立'으로부터 가산하더라도 잔뜩 10여성상을 거듭해 온 것이니 참으로 기-ㄴ 旅路이었다.

누군가의 詩에

"한 송이 국화꽃을 피우기 위해 봄부터 소쩍새는 그렇게 울었고

천둥은 먹구름 속에서 또 그렇게 울었나 보다."라고 읊어 있더니 이제 그 詩句가 분명한 실감을 가지고 가슴에 떠오른다.

소쩍새도 울었고 꾀꼴새도 울었고, 安眠島에서는 뻐꾹새도 울었고 황둔리에서는 방울새도 울었느니라. 그 많은 새들이 울며 울며 마련해 준 歷史의 오늘이요, 결실의 오늘이라고 말하고 싶다.

해바퀴 돌고돌아 40여 년을 헤아리는 진실로 진실로 기-ㄴ 旅路이었다. 망망한 바닷길을 오직 희망의 염원을 목표로 삼고, 가슴 깊이 간직한 믿음 하나를 나침반으로 삼아 끈기로이 탐구해 온 슬기로운 한 줄기 旅路이었다.

섭리는 지극히 공평한 것이어서 美醜를 가리지 않고 雨露를 내려주시고, 上下를 헤아림 없이 복락을 주시니 오로지 감사로울밖에 없다.

옛 어른들은 말씀하시기를 '結婚은 人倫大事'라고 하셨거니와 결국 우리가 보람 있는 삶을 누리기 위해 반드시 가져야 하는 종요로운 질서가 곧 결혼인 것이니라.

어머니는 말하고 있다.

"우리 혜성인 늦두룩 늙는 줄 모르구 '청춘'으로 디낼 거우다.

소싯적에는 공부하느라구 미국에 댕길래기 세월 가는 줄을 몰랐구 미국서 돌아와서 4~5년 동안은 쎄미나다 강연회다 해서 끌려댕길래기 늙는 줄을 모르다가, 이제 사습(四十)이 디내서야 늦으막하게 뭇 서방을 만내서 청춘 체네토롱 데리케 너불게리면서 기쁨에 넘체 있으니 우리 혜성이는 늦두룩 '청춘'으루 디낼 거예요."

어머니는 요지막 네 결혼을 계기로 해서 부쩍 말 수단이 늘은 것 같다.

어머니는 또 말한다.

"뭇 서방은 참 큰 보물을 얻어가무다. 우리 혜성이래 도대체 뭐이 모자라갔소. 아! 학위래 데리케 뚜렷허딜 않은가! 영어에 데리케 능허딜 않은가! 글을 쓰래문 글을 못 쓰갔고? 말을 하래문 말을 못 허갔소? 참 큰 보물이디요. 뭇 서방은 참 큰 보물을 얻어가는 거이디요."

그것은 결코 얕은 자화자찬이 아니라, 鈺 박사가 너무 빛나고 너무 소중해서 스스로 '감사하는 외침'이라고 나는 본다.

어머니의 말은 다시 계속된다.

"우리 혜성이래 一生 동안 면사포 한 번 못 써 보구 다이야 반지 한 번 못 껴보구 데리케 외롭게 살아갈 거인가? 허구 생각할 적엔 그냥 가슴이 답답허구 속에서 뭐이 티밀어 오르군 허더니, 메칠 전에 의상실에 함께 따라가서 혜성이가 면사포두 써 보구, 드레스도 입어보는 걸 뒤에서 바라보느라니 그냥 눈시울이 뜨거워오구 가슴이 막 서무럭거려옵두다. 이제 되시오. 혜성이꺼지 이리케 원만하게 보내게 됐으니, 이젠 막냉이 한길이꺼지 처티하문 되는 거디요. 딸 여슷형데를 다

치우게 해주신 하나님께 무한 감사드릴 뿐이에요."

너희들이 늘 말하는 '어머니의 기도', '우리 집안의 모든 일은 어머니의 기도로 연해서 아름답게 이루어져 가고 있다.'는 그 '어머니의 기도'란 바로 이렇듯이 열기가 뿜어나는 바로 그 '어머니의 기도'인 것이다.

南下 예찬

뜻하지 않았던 國土兩斷의 비극에서 파생된 저주스러운 술어라고 하면 우선 38線이란 말이 거의 反射的으로 튀어나오고, 거기 뒤따라서 以南, 以北……

다시 또 뒤따라서 越南, 拉北이라는 원망스러운 用語들이 어처구니 없게도 우리의 귀에 익숙해지고 말았다. 그야말로 터무니없는 비극이 아닐 수 없다.

비속한 속담대로 '엎어지면 코 닿을' 좁다란 江土에서 以北은 도대체 어디이며 以南이란 또 어디란 말이겠느냐! 더구나 고향을 빼앗긴, 失鄕民인 우리에게는 너무나 사무친 열망의 땅 以北!

옛날 中國의 故事에 보면 '江南의 귤나무가 江北에 옮겨지면 탱자나무로 되고 만다'라는 말이 있더니, 우리의 경우에는 특히 星의 경우에는 영락없이 그 반대의 결과로 만일 以北에 그대로 눌려 있었더라면 험상궂은 탱자나무밖에 못 될 뻔했던 聖이, 어머니의 억센 의지로 以南에 내려와서는 향기 높은 月桂樹로 자라서 이제 萬人의 우러름을 받게 되었으니 가상(嘉賞). 가상, 감사 감사.

너희들을 그 암흑의 소굴 속에서 용감하게 이끌고 나온 네 어머니의 완강한 의지 앞에 우리는 100번, 1,000번 큰절을 하여도 오히려 모자랄 지경이다.

진실로 너의 어머니는 절망을 모르는 意志人이요, 좌절을 모르는 信念人임을 우리는 다시금 찬탄하여 마지않는다. '노력은 天才를 만들고 信念은 기적을 낳는다'더니 너희 어머니의 그 剛直一路 요지부동하는 의지가 끝내 '돼지 목에 걸릴 뻔했던 진주 목거리를 天使의 목에' 걸어 놓았으니 세상에 이처럼 빛나는 숨은 덕이 다시 어디 있겠느냐!

다시 또 아버지의 입장에서 살펴본다면, 萬一 그때, 아버지가 너희와 함께 以北땅에 나와 있었더라면, 첫째로는 나의 소극적인 성격 때문에…… 그보다도 老父母님을 모시고 있는 子息으로서의 의무감에 얽매여서, 越南은 엄두도 못 내었을 것을……

너희들은 어머니의 투철한 성취욕 덕택으로 나올 수 있었고 그런 어머니의 기질을 닮아서 우리 딸들이 모두 자기 천품을 다 하고 있음을 감사하면서 이 아침 새삼 너를 다시금 바라보는 것이다.

네가 태어난 것은 1939年 8月 31日. 한여름의 뜨거운 새벽!
中國人들의 거치른 호흡이 투박스러이 엇갈리는 滿洲奉天의 좁다란 뒷골목이었다.

'은혜로이 주신 딸'이라는 감사로운 마음에서 언니의 이름을 '惠媛'이라고 짓고 보니 그 은혜 혜(惠)자(字)가 하도 좋아서 그 '惠' 字로 너희들의 돌림 字로 하기로 하였고, 그래서 네 이름은 惠星! 정작 짓고 나서 보니 惠星은 바로 彗星. 사전에 찾아보았더니 '혜성'이란 뛰어나게 뚜렷이 빛나는 별, 혜성적인 존재라고 되어 있는 해설이 더욱 고맙게 느껴지더라.

이렇게 쓰다 보니, 새삼 생각나는 것은 1957년 봄, 네가 고 3에 올라와서 제1차 모의고사에 두드러진 성적을 나타내어 '우수생 명부 print'에 네 이름이 들어있는 것을 보자, 당시 이화의 서무주임 故 李仲基 씨는(그도 너와 같은 학년 고 3에 외동딸인 正溫이를 두고 있었으매 더구나 제1차 모의고사에는 그도 관심이 깊었던 처지인지라) 그 명부 print를 들고 와서는 "아! 이거 이 선생님네 惠星이가 그야말로 彗星처럼 나타났구면요. 오늘 저녁 한 턱 내시오."라고 농담하던 기억이 아련히 떠오른다.

너는 태어나면서부터 지금 모습 그대로 그저 둥글둥글…… 그 당시 아버지는 奉天 西塔 보통학교 교사로서 6학년 3반(女子반, 바로 선보, 보경 언니네 반)을 담임했었는데, 그들은 너를 무척 귀여워하고 사랑해서 번갈아가며 너를 업어주곤 했있는데, 너의 머리가 하도 크다고 해서 당시 일본 말 시절의 네 별명은 '아다마 다이쇼' 곧 頭大장군이라는 애칭이었다.

어릴 적부터 마음이 무던스럽고, 양보심이 많아서 별로 자기 고집을 내세우는 일 없이 부드럽고 둥글둥글하게 자기 또래들과 사귀어오던 성품이 오늘껏 그대로이니 그것이 바로 네 天性인가 보다. 그 부드러운 성격 때문에, 우리의 고향인 平北 南市에 계시는 祖父母님 슬하에 나와서 오랜 기간 머물러 있으면서도 별로 말썽 없이 조용하게 순종하는 까닭에 자주 祖父母님 밑에 나와 있었고, 그래서 祖父母님과 각별히 친한 너였던 것은 고마운 추억이다.

　1948년 7月에 너희들이 南下한 지 약 5개월 후인 11月 13日 저녁에 할아버지께서 마지막 세상을 뜨시던 그 순간에도 할아버지의 눈앞에는 혜성이가 자주 어른 거려서, 한참 동안이나 감고 계시던 눈을 지긋이 뜨시더니 "지금 혜성이가 왔더니 어디 갔느냐?"라고 둘러보시는 통에, 임종을 지켜보던 가족들이 목메어 통곡했다는 너의 고모 仁淑의 최후 서신을 나는 뜨거운 눈물로 회상한다.

　할아버지께서 世上을 떠나시기 약 半年 전인 48年 7月初! 너희들 넷(媛, 星, 順, 京)이 엄마의 손에 이끌려 南下의 決死行을 떠날 적에도 祖父母님은 "이제 곧 統一이 된다는데, 좀 더 기다려보잠⋯⋯." 하고 되뇌이시면서도 너희들을 더 억세게 붙잡지 못하신 것은

1. 당시 以北의 극도로 결핍한 식량사정.
2. 두 분 자신이 점차 老境에 들어가고 있다는 슬픈 현실.
3. 자라나는 너희들을 계속 보살필 自信이 없는 점 등 때문에 더 적극적으로 말리지 못하셨을 것이고, 萬一 그때 祖父母님께서 "혜성이

는 두고 가거라."고 한마디만 만류하셨더라도 "혜성이는 거기 남 겨두고 떠나올 뻔했다."고, 그 아슬아슬하게 절박했던 소름끼치는 순간을 되새기면서 엄마는 매양 몸서리치곤 한다.

너희 一行이 38線을 넘으려고 黃海道 海州까지 내려와서 李斗欽씨 라는 촌수 머-ㄴ 外叔宅에서 숨어 살며 가슴 태웠던 일, 정작 38線을 넘으려다가 놈들에게 붙들려서 감방에 갇혀 있으면서 벼룩 떼와 싸우 던 일 등등을 어찌 다 쓸 수 있겠느냐?

너희들이 38線에 가로막혀서 오도가도 못하고 가슴 태우고 있었을 무렵, 아버지는 해방 후 내리 3년 동안을 버티어 오던 만주 奉天이 그 만 毛澤東 軍에게 완전 포위되는 바람에 '中央軍에 밀가루를 날라다 주던' 미군 비행기를 타고, 天津 경유로 仁川 月尾島의 피난민 수용 소에 와 닿은 것이 48年 5月 25日! 文字 그대로 天涯 고독한 流浪民이 었건만 어디서 어떻게 소문이 가닿았던지 仁川中學校의 吉 교장이 나 를 초청해 주어서 그야말로 기적처럼 직장을 얻게 되었고, 그래서 6月 8日부터는 吉 교장선생님 宅에 寄食하면서 이제는 어서 '너희들을 만 나야겠다'고 마음은 초조하면서도 束手無策. 無聊히 北쪽 하늘만 바 라보면서 한숨 짓고 있던 참에, 너희들보다 한발 앞서 南下한 내 고향 친구인 春山 씨로부터 '너희들이 38선을 넘어 靑丹 피난민 수용소에 와 있다'는 소식을 전해 듣자 부랴부랴 京義線列車 荷物 찻간에 실려 두 시간 동안 비지땀을 빼며 찾아갔더니 피난민 수용소 앞마당에 나 와 놀고 있던 星이 제일 먼저 나를 발견하고는, "야! 아버지 오신다."

고 소리치자, 언니가 "얘. 거짓말 마라."고 웃어넘기던 모습이 오늘껏 또렷이 내 기억에 남아있는 것은 왜일까! 그야말로 오매불망했던 너희들을 만난 뼈저린 기쁨에서였으리라고 본다.

마치 '南大門에 가서 金 서방 찾는다'는 格으로 1. 南韓에만 가면 2. 서울에만 가면 3. 아버지를 만난다는 완전 무모한 꿈을 안고 무모하게 떠났던 길이 魔의 경계선을 넘자 거짓말처럼 온가족이 얼굴을 맞대게 되었으니 진실로 무한한 天惠의 손길이었다. '감사'라는 말만으로는 도저히 헤아릴 수 없는 크나큰 섭리였음을 사무치게 느껴 마지않는다.

土星, 開城 등지의 '월남민 수용소'를 거쳐서 仁川에 와닿아 '은하수'라는 큰 건물 안에 있는 仁中舍宅에 들어 자리를 잡은 것이 7月 19日. 먼 길을 고생 고생 千辛萬苦를 다해 더듬어 온 行路이었건만, 짐이라곤 다만 너희들의 몸일 뿐, 옷가지라곤 단지 몸에 걸친 단벌뿐인 알몸들이었으나 그러나 우리들의 마음은 한없이 기쁘고 즐겁고 그저 평온하기만 했었다. 그래서 곧장 仁中吉 교장댁에 가서 인사 드렸더니 두말없이 쌀 한 가마와 고추장을 지게꾼에 실려주시던 (돌아가신) 師母님의 온정이 눈물이 나도록 고마웠다. 너의 엄마의 다음 술회는 그 기간의 심경을 단적으로 나타내고 있다. "38선을 넘어서니까 숨이 후ㅡㄹ 나가더니, 이젠 자다가 밤똥에 깨어나두 그저 속에 아무 걱정두 없이 시원하기만 해서 이거 와 이런고 했더니 식구들을 다 만내니깐 이리케 속이 편안허우다래." 그때는 7月, 여름 방학 中이었으므로 개학을 기다리는 동안 아버지와 함께 앞바다에 나가서 조개를 캐어다가 반찬을 마련하는 것이 우리들의 일과이었는데, 어느 날 문득, 근처에 살고 있는 奉天보통학교 졸업생 李昌國 씨가 찾아와서는 "저는 여기 송림 초등학교 교사로 있습니다. 개학이 되거든 아이들 입학시키러 저의 학교로 데리고 오십시오."라면서 그 당시로는 좀처럼 얻기 어려운 운동화 배급표 두 장을 내어놓고 가던 그의 정성이 어찌나 고마웠던지 그는 지금 서울 시내 어느 초등학교의 요직으로 재직하고 있을 것이다.

기다렸던 개학이 되어 너희 자매를 앞세우고 松林국민학교엘 찾아갔더니 반갑게 맞아주시는 黃冀益 교장님의 인자하신 온정이 한없이 감사로웠고 金哲洙라는 젊은 교감의 간결 명쾌한 사무처리가 오래도록 잊히질 않는다.

아버지는 워낙 仁川이라는 곳이 생전 처음이었기 때문에, 새로 봉직하게 된 仁中에 대해서도 그 존재 비중을 도무지 모르고 있었지만 그 분들(교장 교감)은 내가 仁中 교사 자격으로 찾아간 것을 무척 공손하게 응대해 주는 품으로 보아서 새삼 仁中의 중량을 알게 되었고 그래서 또 한 번 吉 교장의 은고에 감격하였었다.

송림학교에서는 언니를 담임하게 된 宋榮珏 선생님이 친절히 대해 주시는 온정이 마음에 느껴웠고, 그 2년 후에 언니가 서울 淑明女中에 진학한 다음에는 또 星의 담임선생님으로 너를 사랑해 주신 것은 더욱 고마웠다. 宋 선생님은 또 네 文才를 극진히 추어주셔서 네가 지은 동요를 仁川日報에 추천해 주셨으니, 네 그 出世作을 적어 보기로 한다.

배다리

1952. 2. 4. 인천일보

다리다리 배다리 仁川 배다리
옛날에는 여기가 배터였대요.
고기잡아 가득 실은 흰돛단 배가
배다리 찾아서 모여들었죠.

다리다리 배다리 높은 배다리
허나허나 지금은 기차다리죠.
검은 연기 뿜은 기차 지나가면요
다리 밑에 순경이 호각 불어요.

다리다리 배다리 추운 배다리
그렇지만 지금은 시장이지요.
담배 장수 엿 장수 모여드는 곳
우리 엄마 바구니 들고 가는 배다리

잔인한 苦行길 6·25

1950年 6月! 우리 집 살림이 그럭저럭 제자리를 잡으려 하던 무렵. 난데없는 6·25가 터졌다. 날마다 쌀값은 소위 天井不知로 올라만 갔고, '양곡값이 너무 오르면, 난리가 난다더라'던 예부터 전해오던 말대로 기어코 난리가 터진 것이었다.

　도대체가 나라를 다스린다는 자들이 안팎둘레의 사회정세에는 일체 耳目을 가리운 채 권력의 牙城에서 순박한 국민들을 우격다짐으로 내리누르던 그들에게 당연히 내려야 할 天罰의 鐵槌가 내린 것이었다. 도무지 다져지지 않은 터렁터렁한 지반 위에서 무너질 듯 무너질 듯 가까스로 서 있던 오막사리가 급기야 파국을 만난 것이니 차라리 당연한 귀결이었는지도 모른다.

　6月 25日 새벽. 38선을 넘어온 괴뢰들은 밤낮 끊임없이 포성을 울려오건만 그 소용돌이 속에서도 "절대 안심하라. 곧 적을 쫓아낼 것이다"라는 政府의 헛기침소리만을 고지식하게 믿고 있다가 급기야 탁류에 휩쓸리는 한 토막 나뭇조각이 되고 말았으니 어디 호소할 곳조차 없는 몸부림이었다. 6月 27日에는 급기야 서울에 침입한 놈들은, 28日 저녁에는 탱크소리도 요란하게 仁川에 쳐들어오는 바람에 우리는 허겁지겁 은하수 사백 나무 밑에 돌이기서 숨을 죽이고 엎드렸다가 이튿날 새벽에 허둥지둥 피난길을 떠났으니 도대체 어디를 向해 어디로 가는지도 모르는 方向 잃은 대열에 끼어서 정처없이 흘러가는 지푸라

기들이었다. 지나가는 촌락의 교회에서마다 처량한 弔鐘 소리가 끊임없이 울려오면서 우리들의 가슴을 두드려 주곤 했다.

그로부터 忠南唐津郡의 공뿌리라는 벽촌에 파묻혀 있다가 9·28 收復으로 일단 돌아왔던 몸이 1·4 후퇴로 다시 群山 木浦로 전전하던 中 이듬해인 51년 12월 9일, 仁中吉 校長의 부름을 받아 仁川에 되돌아오기까지 꼬박 1年 半 동안 우리는 유례없는 天變地變을 한꺼번에 겪는 가시밭길을 헤매어야 했었다. 쫓기고 쫓기는 걸음 속에 하루 해가 지면 길가 빈 집에 아무렇게나 들어가서 웅크리고 자다가 새벽 참에 일어나서 다시 한 종일을 땀을 흘리면서 남쪽으로 남쪽으로 걸어가건만 이튿날 새벽 참에 깨어보면 놈들은 밤새 동안에 鈍重한 탱크를 몰아다가 세워놓고는 으르릉대며 우리를 노려보곤 했다.

그들은 도저히 우리의 동포는 아니었다. 하물며 우리와 한 조상의 피를 나눈 兄弟는 절대로 아니었다. 그들은 완전히 우리의 적이었다. 언제까지 가도 우리의 적이었다. 우리들이 쓰고 있는 말을 그들도 쓴다는 사실조차 원망스러운 정도로 그들은 절대적으로 우리의 적이었다. 우리의 生命을 겨누는 그들과 함께 이 大氣를 호흡하고 있다는 사실조차 저주스러울 정도로 그들은 우리의 절대적인 적이었다.

목표 없이 흘러내려가던 걸음이 半月里라는 山골짝 외딴길에 접어들었을 때였다. 놈들에게 붙잡혀서 조사를 받던 中. 아버지의 前職을 꼬치꼬치 캐어묻는 통에 "나는 여지껏 교원 노릇으로 一貫해 온 사람이요. 내 말이 미덥지 못하거든, 순진한 나의 딸 아이에게 물어보시오." 하면서 당시 11살짜리 너를 내세웠던 아버지의 고지식 때문에 너는 치를 떨면서 공포에 사로잡혔던 일……. 그러나 놈들은 우리 식구 一 行을 뒷山으로 끌고 올라가기에 '이제 진짜 총살이로구나!'하고 가슴에서 진짜 쇳 냄새가 치밀어 오르던 처절한 절박감!

그러다가 그 사절판에서 용하게도 풀려나서 다시 사흘 동안을 헤맨 끝에 忠南 唐津에 가 닿아서는 千萬 뜻밖에도 仁中 高2생 崔点淑 君을 만나 그의 온정에 힘입이 그 뒷마을 공뿌리라는 벽촌의 어느 농가의 사랑방에 가까스로 자리를 잡기도 했었다. 그러자 아버지는 그 공뿌리 마을의 빨갱이놈들의 성화에 못이겨 부득이 혼자서 仁川에 올라왔고 너희들은 그야말로 돛대를 꺾인 난파선의 신세가 되었으니 그 참상을 다시 일러 무엇하랴. 다만. 그 잔인한 고행길에서도 너희들에게 큰 힘이 되어 준 것은 崔占淑 君의 온정이었으니, 그는 아버지가 仁川에 올라온 후 일체 서신교환을 할 수가 없이 소식이 두절되자 틀림없이 꼭 폭격에 희생된 생명으로 간주하게 되던 그 당시의 극한상태에 있어서도, 조금도 변함없이 밤낮으로 너희들을 찾아와서는 위로와 격려를 주었으니 진실로 그의 시종일관한 至情을 잊을 길이 없다. 그는 지금 江原道 영월군 上東 高等學校 교장으로 벽지 교육에 헌신하고 있다.

한편 그 당시의 상황을 회상할 때마나 아비지에게는 이(齒牙)가 갈리도록 자기 자신의 고지식이 원망스러웠던 기억이 되살아나곤 하는데, 仁川에 올라온 아버지는, 그 공뿌리의 포구(浦口,작은 갯가)에 내왕하는

船人네 집엘 아침저녁으로 들러서는 너희들의 안부를 묻곤 하면서도 당시의 무서운 감시에 겁을 먹고 짤막한 쪽지 편지 한 장 쓸 생각을 못 했으니, 그래서 '아버지는 틀림없이 폭격에 희생된 것'으로 단정해야 했을 너희들의 암담했던 심정을 헤아려 볼 적마다 아버지는 자기 자신의 융통성 없던 고지식이 오늘껏 원망스럽기만 하다.

  6月 28日새벽에 허겁지겁 쫓겨났던 피난길이 3個月 후인 9月 28日 서울 수복과 함께 내왕이 자유로워지자 우선 너희들에게 人便으로 편지를 부쳤더니 후일 星이 하던 말 "나 그 편지 받고 우물가에 나가서 그냥 울었어." 하던 음향이 한동안 아버지 귀에서 사라지질 않았었다. 그러나 수난의 이 민족에게 고난의 가시밭길은 끝이 없어서 공뿌리의 피난살이에서 돌아와 미처 자리에 앉을 틈도 없이 또 다시 一·四 후퇴. 南侵해 오는 中共軍으로부 터의 피해를 막기 위해, 一·四후퇴를 공포한 정부는 良民들의 南下를 극력 종용했고, 仁川港灣廳에서는 피난 汎船을 마련, 배정해주었건만 文字 그대로의 아수라장의 혼잡. 단말마의 아우성 속에 가까스로 끼어들어 西海 放青島의 앞바다에서는 때아닌 폭풍우 속에 나뭇조각처럼 뒤흔들리는 혼잡 속에 겨우 겨우 목숨을 부지하며 群山港에 닿았더니, 우리 식구가 탄 피난선은 더 앞으로 내려가지 않는다는 통에 또 다시 大혼란 속에 사람도 짐도 일시 下船해야 했었고 그러자 언니가 잽싸게 배를 오르내리는 맹활약으로 짐들은 용하게 내려올 수 있었으나 그 당시 극도의 영양실조에 걸려 거의 몸을 가누지 못하는 어린 혜순이는 꼼짝 못하고 앓고만 있

었기 때문에, 딴 식구들은 뭍에 올라왔으나 順은 하는 수 없이 선창가의 널빤지 위에 누워 있었고, 그 順을 지키느라고 옆에 서 있던 너(星)를 큰 소리로 불러서는 "혜순이는 어떡허고 있느냐?", "울지 않느냐?", "춥지 않으냐?"는 등등 소리소리 지르며 묻고 대답하던 기억은 과시 비극 中의 비극이었고 우리들은 그때 모두 제정신을 잃은 허수아비들이었다. 다시 南下해서 木浦엘 갔더니 이건 또 別天地인양 '도대체 전쟁이 어디 있었느냐?'는 듯 싶게 表面上으로는 제법 평온한 분위기 속에 우선 숨을 돌릴 수 있었던 것이 고마웠고, 더구나 각 병원에서마다 피난민 진료사업이 펼쳐져서, 극도로 쇠약했던 우리 惠順이가 그때 미국서 들어온 페니실린 덕택으로 눈에 보이게 건강을 회복한 일이 고마웠다.

거기서 아버지는 과거 奉天 先輩의 후원으로 木浦女高에, 언니는 港都女中 3학년에 入學했고 너는 北橋초등학교 6학년에 편입하였으나 밤낮 피난만 다니던 신세인지라 學力이 따르지 못할까 늘 초조히 다니던 어느 날, 갑작스러이 실력고사를 본다는 통례 당황했던 너는 그날 낮 시간의 중간 청소 때에 복도 모퉁이에 쪼그리고 앉아서 친구 아이의 참고서를 함께 나누어 보며 가슴을 졸였노라는 네 말이 내게 자주 뜨거운 감회를 자아내어 준다. 거기에서도 너는 네 부드러운 천품으로 半年 동안에 많은 친구들을 사귀었고, 그 해 12月에 우리가 仁川으로 되돌아올 적에는 그 친구들로부터 푸짐한 선물들과 함께, 한없는 애석을 받으며 떠나왔던 기억이 거치러운 들판에서 꽃 한 송이를 보는 듯 향긋이 추억된다. 피난민의 떠돌이 신세였던 우리 집에 木浦

살림은 밤낮 不安과 궁핍 속에 초조히 이어져 오다가, 그 해(51年) 11月 末에 (제주도 피난살이에서 돌아오는) 仁中 吉 校長이 일부러 木浦에 들려서 강력히 권고하는 好意에 따라 다시 仁川에 올라온 후부터 조금씩 제 軌道를 찾게 되었으니 보기에 따라서는 그 잔인했던 苦行길은 오늘의 安定을 위한 진통이었는지도 모른다.

6·25는 우리에게 '自由가 얼마나 귀중한 것인가'를 체험으로써 실감하게 해주었고, 적은 人間의 존엄성을 근본적으로 부정하고 나섰기 때문에 더욱 그것은 절실하였다. 또한 6·25의 직접 下手人은 비록 北傀라고 할지라도 그 배후의 조종자에 대해 상상할 적에 약소민족의 비애에 차탄하지 않을 수 없다. 공산주의가 얼마나 무섭고 잔인한 것인가를 뼈에 저리도록 실감한 그것 하나만으로도 우리는 신명을 걸고 反共을 體質化해야 하겠다.

✖✖✖

우리가 모셔야 할 세 분 恩人

여기서 잠시 方向을 돌려서, 우리 가족이 平生토록 잊지 못할 세 분 恩人, 方 철원 선생님, 吉 영희 교장선생님, 辛 봉조 이사장님, 그분들이 우리에게 베풀어 주신 혜택을 밝혀 놓아야 하겠다.

方 철원 선생님

1945年 8月 15日. 조국 광복을 滿洲奉天에서 맞이한 우리 韓國人들은

누구나 한결같이 '어서어서 조국에 돌아가서 父母님을 모시고 살아야겠다'는 一念이었고 아버지도 또한 그 一念에서 마음은 초조하였건만 한편 과거 10여년 간(1934년 이래) 교원생활을 해오면서 정붙여 살아온 奉天에는 또 그 나름대로 해야 할 일이 많았었다. 원래 奉天에는 항시 8萬名 내외의 우리 동포가 머물러 살고 있었는데 그 子女들의 교육을 담당해 온 中心기관은, 西塔보통학교를 위시한 초등학교 약 10여 개교(인근 농촌 포함), 중등교육기관으로는 東光中學校를 선두로 南滿工業學校와 奉天女中, 3개교였는데 그 여러 학교의 교사들 역시 같은 심정들에서 모두들 조국에 돌아가느라고 자리를 뜨고 보니 결국 선생이 도무지 없는 형편이 되었다. 일이 이렇게 되고 보니, 당시 奉天교민회의 支柱이시고 韓國人사회의 정신적 영도자이셨던 方 철원 선생님은 "우리 한국 어린이가 단 한 사람이 있더라도 우리는 그를 가르쳐야 할 의무가 있지 않겠느냐?"시며, 여기 머물러서 함께 교육을 하자고 내 손을 굳게 잡으시는 것이었다. 나도 역시 같은 심정에서 망설이고 있었던 것이었다.

그 해 秋夕이 9月 20日이었는데, 아버지는 '광복된 조국에 나와서 새로이 父母님을 뵙고, 또한 오래간만에 함께 성묘도 다닐 겸' 온 가족을 거느리고 고향인 平北 南市에 나왔었다. 예정대로 성묘를 돌고 나서 한 열흘 동안 머무르면서 두루 정세를 살펴보니, 共産分子들의 그 무식하고 천박한 꼬락서니들이 도무지 생리에 맞질 않아서 다시 奉天으로 되돌아 들어갔더니 方 선생님은 마치 '죽은 줄 알았던 사람이 되살아나 돌아온 듯' 나를 반기시며 평소에 '철학·교육·종교'에 조예가 깊은 그는 '국가의 기초는 그 소년을 교육하는 데 있다', '국가의 운명은 청소년의 교육에 달렸다', '사람은 교육에 의해서만 사람이 될 수 있다'는 등 先哲의 교훈을 되뇌이시며, 더구나 僑民會에서 새로이 중학교도 세우기로 되어 있으니 부디 이 기관을 살려서 함께 신생 국가에 이바지하자고 다시금 내 손을 굳게 굳게 잡으시는 것이었다. 그러는 동안 내 머릿속에도 '이제 진짜 내 정신을 가지고, 내 말 내 글을 자라나는 後生들에게 가르쳐 주자!'는 생각이 떠올랐고, 그래서 方 선생님을 도와 光新中學校를 이끌어 나가기 3년! 그동안 고향에 나와 있던 엄마와 너희들에게는 말 못할 고생을 무진 시켰지만 한편 아버지 자신으로서는 나의 정신 자세를 확립할 수 있었고 인간 수련을 쌓아올릴 수 있었으니 이는 오로지 方 선생님의 은택임을 나는 오매불망 감사하고 있다.

方 선생님은 奉天僑民會 간부로서, 또한 光新 中學校 교장으로서 항상

1. 우리의 양심껏 가장 올바른 삶을 살자.
2. 여하한 사태의 변동이 오더라도 결코 올바른 생활 자세를 잃지 말자.
3. 장차 설 독립국가의 국민으로서 높은 교양과 품격을 갖추자고 늘 力說하셨다.

우리의 敎育場인 西塔 국민학교와 光新 中學校의 둘레에는 우매한 中國人들의 무지 스러운 박해가 쉴새없이 밀어닥쳤건만, 그 가운데서도 方 선생님은 의연한 자세를 결코 잃지 않으시고 오히려 더 큰 설계

를 꾸미셨으니, 곧 당시의 西塔 학교와 光新中, 奉天女中을 기점으로 삼아서 그 밑에는 유치원을, 다시 그 뒤에는 전문 大學까지를 증설해 가지고 장차 大 光新學園으로 성장 발전시키자는 웅대한 國家 百年大 計의 꿈이었다. 환경이 불리할수록 더욱 솟구쳐 오르는 불굴의 의욕에 우리들은 스스로를 채찍질하기로 했다. 그러나 共産治下의 不毛地는 또한 진리에도 不毛地임에는 틀림이 없었다. 毛澤東의 총칼이 자꾸 밀려들어오는 추세에는 더 버티어 낼 수도 없어서 48年 5月에 우리의 모든 교육기관은 校門을 닫을 수밖에 없었고 그래서 方 선생님은 上海로 날으셨고 아버지는 奉天에 있었던 지식층들과 함께 天津 경유로 한국에 돌아와서 사랑하는 너희들을 반가이 만나게 되었다.

方 선생님의 그 理想主義的인 원대한 설계도 아래 우리는 항상 미래의 꿈을 키워 올 수 있었고, 그 덕택으로 아버지는 以北이 아닌 以南으로 돌아오게 되었던 것이다. 또한 以南에 돌아왔음으로 해서 나는 너희들과 기쁨으로 만날 수 있었고, 너희들 또한 韓國에 나옴으로 해서 각자의 천품을 펴나갈 수 있었으며, 그리하여 너희들은 오늘의 위치만큼 자기자신을 성장시킬 수 있었으니 그것은 비단 자기 자신뿐만 아니라 진실로 인류文化에 크게 기여할 수 있음을 나는 더욱 감사한다. 그 모든 것이 方 선생님의 원대한 이상에서 키워주신 은택임을 우리는 절대로 잊을 수 없다.

沓 瑛犧 교장선생님

滿洲奉天에 거류하던 우리 동포들이 中國 天津을 거쳐 韓國에 돌아올

적에는 本國에서 알선해 보내준 美軍 LST편으로 총 25차나 仁川으로 실어다 주었는데 아버지는 제5차 LST편으로 仁川에 와 닿은 것이 48年 5月 25日. 이렇게 연달아 오다 보니 仁川 市內에는 연일 그 피난민들이 右往左往하고 있었는데 仁川中學校 吉 교장선생님은 오가는 길거리에서 그들 피난민을 만날 적마다 '이번 일행 중에 좋은 선생은 없었소?'하고 끈기로이 찾아다녔다니 그의 '선생을 구하는 열성'에는 오로지 감탄할밖에 없다. 그렇게 묻고 물어서 결과적으로 집계된 이름이 둘(2)이었는데 하나는 滿洲醫大 陸水學科研究士林基興이었고 또 하나의 이름이 아버지였다니 그야말로 하늘에서 별을 따내는 행운을 붙잡은 격이었다.

吉 교장선생님은 그 두 이름을 들고 다니면서 다시 더 탐문한 결과 그 당시 아버지가 月尾島 피난민 수용소에 억류되어 있는 中임을 알아내자 곧장 仁中교사인 金學洙, 金在經 두 분을 보내어서 나와 직접 面會하게 해주셨으니 속칭 물에 빠진 자가 지푸라기라도 붙잡을 심정이었던 나는 사무치는 감사로 吉 교장선생님 밑에 달려갔고, 그리하여 이후 7년간 吉 교장선생님 밑에 있으면서 그분에게서 실로 많은 것을 배울 수 있었다.

그 해 7月19日에 38선을 넘어온 너희들을 靑丹에서 만나 仁川으로 데리고 왔더니 吉 교장선생님은 곧 송학동 은하수 건물 안에 있는 仁中사택을 제공해 주시면서 당장 生活안정을 위한 만반의 준비를 대어주셨으니 그는 실로 우리 가족의 '生命의 은인'이심을 나는 마음 깊이 새기며 잊을 길이 없었다. 그 당시 우리 집 여섯 가족은 文字 그대로 허허벌판에 내어던져진 알몸의 상태로서 우리가 가진 것이라고는 다만 우리들의 '몸'일 뿐인 극한상태이었건만 吉 교장선생님은 生面不知인 나를 오직 피난민들의 衆評만 믿고 기꺼이 나를 건져주셨을 뿐 아니라 衣食住일체를 제공해 주신 은택으로, 우리는 絶處逢生의 기쁨 속에 再會의 화락을 누릴 수 있었으니 미처 헤아릴 바를 모를 지경이다. 吉 교장선생님은 계속해서 우리 집 가정살림을 돌봐주시는 一念에서, 그 해 7月 中旬에 일찍 開學하는 仁中 夜學部를 내게 담임시킴으로써 내 收入源을 확보해 주시고 다시 一, 二年 後에 언니와 네가 女中에 진학했을 때에는 너희들의 학비보조까지 대어주시는 特惠를 베푸셨으니 그 크신 은혜를 감사하기엔 다만 '말의 옹색'이 안타까울 뿐이다.

吉 교장선생님은 청렴강직, 公平無私를 信條로 삼는 良心的 교육자이셨고, 또한 철저한 秀才 교육주의자로서 그의 요지부동하는 信念이 많은 人材를 배출하시었다. 그는 항상 근면한 학업으로 實力을 닦을 것과 절대 정직한 人間性을 심어주기에 心血을 기울이셨다. 全國고등학교에서 유일하게 무감독 시험제도를 실시하였고, 교내 도서관에는 高三 전용 특별실을 따로 마련하여 철야학습을 권장함으로써 마침내 全國 최고의 大入 합격의 실적을 올렸음은 바로 吉 교장선생님의 교육열의 반영이라고 아낌없는 찬사를 받으셨음은 진실로 당연한 귀결이었다.

그의 많은 유익한 훈화 中에서도 내 머리에 깊이 남은 말씀 몇 마디를 소개하면

1. 너희들은 대한민국의 바른 자(尺)가 되어라. 만일 자(尺)로 재는 치수가 희미해지면 거기 뒤따르는 모든 처사가 흐려지고 만다. 정직은 萬事의 근본이다.
2. 너희들은 대한민국의 귀중한 씨가 돼라. 고려시대의 사신 文益漸이 중국에 갔다가 禁輸品인 木花씨 몇 알을 붓통에 숨겨가지고 온 것이 우리 온 겨레의 衣料가 된 것을 늘 기억하라.
3. 승리는 동기에 있다. 로마의 장군 스키피오는 카르타고 전쟁에서 로마시민의 선한 동기를 뒷받침 받아 적장 한니발을 섬멸할 수 있었다. 선한 동기만이 선한 결실을 가져온다.

仁中에 있은 지 7년 만인 1954년에 아버지는 너희들의 교육을 위해 부득이 吉 교장선생님 밑을 떠나왔지만 오늘껏 잊지 못하고 每年 그의 生辰을 축하해드리는 내 뜻은 公的으로는 그의 사명감에 불타는 教育愛를 존경하는 진심에서요, 私的으로는 우리 어린 가족의 '생명의 은인'이심을 감사드리는 정성에서이다.

1934年 以來 海外에 流離하다가 피난민의 신세로 故國에 돌아오자 大教育家이신 吉 교장선생님을 섬기게 되었음은 실로 넘치는 天恩이심을 나는 늘 감사하여 마지 않는다. 吉 교장선생님은 1900年生이시니 八旬 高齡이시건만 文字 그대로 老益壯하심이 더욱 감사하다.

辛鳳祚 이사장님

1954年 5月 5日에 아버지는 名門校 梨花의 교사로 올라오게 되었었

다. 그 원동력인즉 내가 仁中 校監으로 있으면서 경기도 내 초등교사 강습회의 국어강사로 계속 출강한 실적에서 나의 실력(?)을 인정 받은 점이요, 가까운 동기로는 惠媛 언니가 梨花에 중도 편입학생이면서도 그 두뇌가 뛰어났음이 널리 인증되어 가위 '그 아버지에 그 딸일거라'는 호의적인 배려에서였다. 媛 언니는 아버지보다 半年 앞서 梨花에 올라와서 南大門 근방에 하숙을 하면서 공부하고 있었는데 梨花에서는 '수재가 왔다!'고 애중했으나, 그러나 아버지의 가난한 호주머니로서는 도저히 그 支出을 감당할 수 없었던 것이 사실이고, 그래서 내가 곰곰 생각하다가 얻은 결론은 '남의 자식의 교육도 물론 중요하지만 그보다도 먼저 내 자식부터 가르쳐야겠다. 내 자식은 모두 女兒뿐이니 그 교육을 위해서는 내가 女학교 교사가 돼야겠다.'는 결론이었다. 소위 '良禽擇木'이라는 古諺대로 기왕 서울에 올라올 바에는 기어코 名門校엘 가야겠는데 마침 媛이 앞서 와있는 梨花엘 기어코 가자고 스스로 다짐하면서 앞에 쓴 초등학교 강습회 때의 print와 강의내용 등을 꾸준히 보내드리면서 편지 공세를 계속했더니 드디어 梨花의 숲에 길이 뚫린 것이었다.

정작 내가 赴任하던 날은 바로 媛의 우등표창 날이어서 내가 첫 인사를 하려고 단에 올라서자 辛 校長은 아버지보다도 딸을 더 크게 내세우시면서 '지금 막 표창을 받은 고 3 우등생 이혜원의 아버지'라고 소개하는 통에 全校生의 박수가 우레처럼 터져 나왔고, 딸 덕분에 나의 첫 인상이 아주 좋았던 것은 더욱 자랑스러운 첫 출발이었다. 그로부터 꼬박 23年! 부임 당시의 내 나이 43이었으니 바야흐로 성숙기에 들어서는 壯年이었던 나는, 나의 열정과 낭만을 온통 쏟아부어서 내 生涯의 황금기를 마음껏 구가할 수 있었고, 동시에 그것은 또한 우리 梨花의 황금기이었음을 더욱 감사한다.

최백순 교감을 中心으로 한 장익환, 박재혁, 이인수의 콤비는 틀림 없는 梨花의 中樞이었고 그분(최·장·박)들은 또한 나의 격조 높은 無 二의 친우들이다. 최백순 교감은 日本大 政經科 출신으로 그의 치밀 하게 짜임새 있고 열성적인 두뇌가 장히 梨花의 기반을 견고히 닦아 놓았고, 장익환 선생님은 그의 온유 겸손한 인간성과 태만 모르는 근 면이 100여 명 동료의 龜鑑이었고, 박재혁 선생은 四時春風格인 허탈 한 성품이 교무실에 항상 웃음이 넘치게 하였으니 可謂梨花의 全寶들 이었다. 언젠가 최 교감은 나더러 "李 선생은 교육의 목표를 어디에 두십니까?"라고 묻기에 나는 서슴없이 "정직한 사람만이 살 수 있는 정직한 사회의 건설!"이라고 대답했더니 그는 곧장 "여보, 그거야 바 로 天國 아닙니까? 그건 너무 과욕이고 나는 정직한 사람이 살 수 있 는 사회의 건설을 목표하고 있습니다."라고 서로 문답했던 기억을 잊 지 못한다. 그는 72年 7月에 페스탈로치 著 '隱遁의 黃昏'이라는 책 을 나에게 선사하면서 그 책머리에 "誠實, 正義, 忍耐로써 秩序 안에 서 진리를 가르쳐 오신 존경하옵는 敎育篤志家 李仁銖 선생님께 드립 니다. 李 선생님에게 永遠한 勝利 있으리. 1972. 7. 25 崔栢淳"이라는 과찬으로 나를 발분시켜 준 우정을 감사로이 反芻한다.

辛 교장은 우리 四 사람을 절대로 신뢰해 주셨고, 우리는 성심성의 껏 그를 보좌해 드렸다. 진실로 친밀과 우정은 모든 일을 더 아름답게

하고 더 잘되게 한다.

辛 교장은 고매한 이상주의자요, 天才的인 교육자임을 나는 존경한다. 그가 梨花 교장으로 오신 것은 1938年이었으니 그 당시 日本은 한창 전승기세를 타고 기고만장했던 만큼 우리 동포에 대한 억압도 날로 가열해 갔으나 辛 교장은 이 악기류를 현명하게 넘기면서도 그 心中 깊은 밑바닥에는 항상 '꺼질 줄 모르는 민족정기'가 강렬하게 불타고 있었음을 나는 존경한다. 교만한 倭人靑年들이 묘령의 한국 女性과 결혼함으로써 민족의 피를 흐려버리는 사례를 볼 적마다 그는 內心 깊이 '피의 순결'을 부르짖었고, 四方 둘레가 암흑과 절망으로 둘러싸인 속에서도 항상 '희망'을 잃지 않기를 그는 力說하였고 아무리 험한 가시 밭 길이라도 주저함 없이 전진하는 기백을 심어주기를 그는 염원하였었다. 그래서 倭政 시절의 梨花의 校訓은 '순결·희망·전진'이었으니 이는 진실로 그 시대의 우리 민족 전체의 不動의 지표이었다고 본다.

해방 후 校訓을 새로이 제정할 자리에서 辛 교장은 민족이라든가 국가라는 테두리를 한층 뛰어넘은 높은 見地에서 널리 세계와 인류를 바라보는 드넓은 마음과 뜻을 젊은 가슴에 고루 담아주기를 목표하였으니 그래서 梨花의 새 校訓은 '自由·사랑·平和'. 어떤 이는 이를 評하여 너무 막연하여 종잡을 데가 없다고 하나 그러나 辛 교장의 주장은 '전 세계의 평화, 선 인류의 행복을 기원하는 전 우주적인 정신'을 길러주기를 목표하는 웅대한 설계를 표명하신 것이니 우리는 그의 높은 氣宇에 감탄하면서, 원컨대 梨花의 온 少女들이 그 뜻을 올

바로 받아들여 自己의 뜻으로 삼기를 바라마지 않는다. 中학교의 신입생 선발제도가 오늘날처럼 심각하지 않고 학교장의 재량에 一任되어 있었던 옛날 시절에 梨花에서는 全國 각지에서 지망해오는 女학생들로 各道마다 골고루 받아들여 가지고 그들을 한 기숙사에 수용함으로써 그들이 道차별 의식 없이 서로 화친하도록 유도할 뿐 아니라, 한 걸음 더 나아가서는 그들이 서로서로의 오빠들과 결혼하게끔 유도함으로써 南北의 피를 혼합시켜서 드디어는 우리 민족성 개조를 목표했던 엄청난, 진실로 엄청난 민족성 개조의 그 큰 꿈 앞에 우리는 오로지 감탄할밖에 없다.

1956년, 이화 창립 70주년 기념으로 이화동산의 명물 노천극장이 축조되었는데, 그 당시 梨花는 교실이 하도 모자라서 심지어는 天井 밑의 三角形 공간까지를 억지로 교실로 꾸며서 쓰노라니 때로는 쥐가 나오는 일까지 있었고, 그래서 우리 일반 교사들은 판자 교실이라도 지어주기를 간청했건만 辛 교장은 들은 척도 않으면서 눈 앞만 보지 말고 이 다음 100년 후의 사람들도 놀랄 만한, 영원히 남을 일을 해야 한다고 딴전을 부리더니, 오늘의 노천극장을 바라보면서 젊은 사람들, 특히 星은 거기서 많이 배우고 많이 생각하기 바란다.

辛 교장은 해마다 '졸업생에게 주는 유익한 말씀'을 졸업 앨범에 써주시곤 하였는데, 그것은 또한 고귀한 '女性지침서'라고 여겨진다. 몇 마디만 옮겨보면

■ 진실한 사람이 되어야 한다. 긴 一生에 있어서 그 승리의 최종적

무기는 오직 진실뿐이라고 나는 믿는다.

■ 그대들에게도 긴 생애를 지나는 동안 역경과 풍파에 시달릴 때가 없지 않을 터이니 그러한 때에는 '어두운 밤길을 걷는 사람만이 언제나 별을 본다.'란 말을 생각하고 희망과 용기를 잃지 말기 바란다.

■ 언제 어디서든지 즐거운 마음으로 희생과 봉사의 생활을 하라. 희생과 봉사의 정신은 어린 아이에 대한 어머니의 태도요, 남편에 대한 아내의 태도이다.

辛 교장은 1961년 5·16 이후의 세대교체라는 난맥 속에서 부득이 현직을 물러나면서 그 이임사로 '이화는 복 있는 학교'라는 여운 높은 말씀을 남겨주셨거니와, 그 '福'이야말로 辛 교장께서 불철주야하시며 노심초사, 분골쇄신하신 결실임을 모든 梨花人들은 한결같이 존경해 마지않는 것이다.

이상에서 辛 교장의 업적을 다시 한 번 더듬어보면서 桿이 이미 소상히 알고 있는 사실을 이렇듯 蛇足격으로 나열해 놓은 내 뜻은 辛 교장의 그 백절불굴하는 의지와 부동자세의 기백을 너는 부디 좋은 거울로 삼아서 앞으로 새로운 사업을 설계할 적에는 항상 '높은 이상, 원대한 포부'라는 토양 위에서 영원으로 뻗을 수 있는 100년 大計를 목표하기를 바라는 기원에서이다.

'이상'은 높을수록 귀하고,

높은 이상이라야 족히 '이상'일 수 있는 것이니라.

方 선생님은 우리가 지향해야 할 방향을 예언으로 제시해 주시었고 흠 교장선생님은 우리의 실질적 생활토대를 질박하게 다져주셨고 辛 이사장님은 높은 민족적 이상 아래 너희들의 앞길을 훤히 터놓아 주시었다.

'나무에 올라서는 그 밑뿌리를 생각하라'는 古訓을 잊지 말고, 그분들의 은고를 항상 되새겨 감사하면서 성장해 나가기 바란다.

바지락 캐는 마을(文學少女 혜성)

아버지가 梨花에 올라온 것은 54年 5月이었고, 너희들은 그 해 9月에 뒤따라 올라와서 東大門 밖 답십리에 집을 잡았다. 그리하여 너는 그 당시 우리나라의 어린 女學生들이 하늘의 별만큼이나 동경했던 자랑스러운 梨花生이 되었고, 그래서 언니와 네가 배꽃 배지를 가슴에 단 뒤를 이어 너의 네(四) 동생이 梨花 校門에 들어옴으로써 梨花 90年 史에 前無後無한 '6자매 이화가정'이 되었으니 진정 감사 감사. 오늘날 너희들은 자랑스러운 이화졸업생으로서 어디엘 가나 활기 펴고 다닐 수 있게 되었으니, 진실로 梨花는 우리 여섯 딸을 키워 준 자애로운 土壤이었음을 감사한다.

너는 그 늠실거리는 물결을 타고 마음껏 너 自身을 발휘할 수 있었음은 더욱 마음 흐뭇한 회상이다. 어릴 적부터 文學에 관심이 깊었던 너는, 네가 고 1때부터 열리고 있는 全國女高文學 콩쿨을 목표로 각고

면려한 보람이 있어 단편소설 바지락 캐는 마을로 당당히 입선되었음이 더없이 자랑스러웠다. 원래 全國女高文學 콩쿨은 梨大文科大 주최로(당시 李軒求 학장) 네가 고 1 때 제1차 모집이 벌어지자, 梨花 文藝班 원들은 詩人 오인영 선생님을 총사령관으로 모시고 절차탁마한 결과 詩, 소설, 희곡, 시조 낭독소설, 즉흥시 등 全분야를 석권하여 종합성적에 있어서 2위교의 18.5를 갑절이나 넘는 40점을 득점으로 단체우승 銀컵을 획득한 바 있었고 그 뒤를 이어받은 너희들은, 일단 세워진 전통을 더욱 빛내어야 할 의욕에 사무쳐 있었음이 무한 믿음직스러웠다. 그래서 우선 단편소설 응모작 집필을 구상하는 예비토론에 있어서 너희들이 합의한 바는

1. 절대로 단편 통속 투로 타락하지 말자.
2. 文體는 작년도의 당선작품의 흐름으로 보아서 서간체로 써 내려가는 것이 당선의 확률이 많더라.
3. 스토리의 진행에 있어서는 결코 허황하지 않고 반드시 실천 가능성이 있는 내용을 담자.
4. 반드시 사회에 좋은 영향을 줄 수 있는 方向으로 줄거리를 이끌어 나가자 등이었다.

　슬기롭게 요령을 간추려 나가는 눈동자들은 더할 나위 없이 진지하기만 했다.

정작 제2회 文學 콩쿨 응모작 집계를 보면 全國에서 300여 편의 작품

이 모여들어온 中 이화의 입선작품은 수필 2등 이성미, 단편소설 2등 이혜성, 희곡 2등 이민자, 3등 장선용, 가작 차신자, 즉흥시 2등 최병오 등 6편, 총득점 27점(2위교 15 점)으로 작년에 이어 금년에도 단체 우승 銀컵을 확보했음이 장한 일이었다.

星의 당선작 바지락 캐는 마을을 간추려 보면

어느 平和로운 마을의 자그마한 국민학교 女선생을 내어세워 가지고 그의 애제자인 소녀 숙영이가 자신이 고아인 것을 뒤늦게 알게 되자 그만 깜짝 놀라서, 불쌍하게 죽은 가엾은 生母의 묘소를 찾아 외로운 섬마을에 가서 지내는 동안, 그 마을의 가난한 꼬마들을 모아 글을 가르치면서 함께 바닷가에 데리고 나가서 바지락 조개를 캐어다가 팔아서는 학용품이며 간단한 옷가지를 자기네의 노작으로 마련하는…….

줄거리인데, 앞서 예비회담에서 너희들이 토론했던 요령들을 짜임새 있게 결부시켜서 그 장면 장면이 눈 앞에 보이는 듯, 읽고난 마음에도 따뜻한 체온을 안겨주는 여운 높은 작품이었다. 우리가 기억해 두어야 할 너의 작품이 다시 두 편이 있으니 梨花 校內文學 콩쿨에서 입상한 黎明과 또 하나의 流星이다. 그 입선 작품들이 單行本으로 출판되어 나오자 특히 또 하나의 流星을 읽고 무척 감동한 어느 순진한 女中生이 외진 시골길을 더듬어 너를 찾아주어서 너는 '아! 나의 팬이 생겼다'고 소리치며 그를 데리고 꽤 긴 시간 이야기했던 옛일을 기억하리라. 그 少女도 지금쯤은 多福한 中年女人이 되었을 것이니 과연 오래오래된 옛날 이야기이다.

항시 푸른 하늘을 우러러

"항시 푸른 하늘을 우러러 푸른 희망에 살자. 우리가 인간으로 태어났다는 그 자체부터가 우리는 '푸른 희망에 살아야 한다'는 값 높은 계시인 것이다."

이것은 1956년 여름(星이 고 2때)의 우리 샛별 클럽의 제2년차 안면도 봉사의 우리 봉사 표어이다. 작년 여름 우리의 제1년차 안면도 봉사 때에 지방 농민들이 보여준 적극적인 호응에 힘을 얻어 금년에 제2년차로 다시 안면도 봉사에 나섰던 것이니, 그 由來를 더듬어 밝혀보면 다음과 같았다. 6·25의 참변을 겪은 마음의 상처가 아직 가시질 않아, 서울 거리는 여전 을씨년스럽고, 사회 人心은 여전 뒤숭숭하게 들떠 있었건만, 그러는 가운데서도 마음씨 착한 순진 一念의 우리 梨花生들은 농촌계몽을 꿈꾸며, 푸른 희망을 외치며 나섰으니 바로 샛별 클럽이었다.

이야기의 발단은 그보다도 좀 더 거슬러 올리기서 그 前前해인 1954년 가을로 되돌아 올라가야 하겠다. 나는 梨花에 오자 곧 고 1 국어를 담당했었는데, 그 고 1 국어책에 실려 있었던 심훈 씨의 조선의 영웅이라는 글에서 "순진한 농촌 청년들이 저녁마다 가난한 文盲兒들을 모아 놓고, 허기진 배를 웅켜쥐며 다리가 후들후들 떨리도록 글을 가르친다."라는 내용에서 충격을 받은 이화 女학생들은 '우리도 농촌으로 가자. 농촌에 가서 무지와 빈궁을 몰아내자'고 외치며 일어섰으니 혹시 好意的인 눈으로 보아주는 분이 있다면 '꿈많은 소녀시절의 낭만'이라고도 볼 수 있겠으나, 그러나 현실파의 눈으로 본다면 그야말로 '철부지들의 허망한 소꿉장난'에 지나지 못했을 것이 사실이다.

하여튼 그런 동기에서 시작된 우리의 안면도 봉사는 "앞으로 10년 가자. 10년을 계속가는 동안에 그 농촌 자체에서 자발적인 변혁의욕이 솟아오르도록 유도하자."는 더욱 철부지적인 열기로써 제2년차 봉사를 떠났던 것이다.

陸路로 가는 편보다는 廣川邑에서 정기선(통통선)으로 바다를 건너는 길을 택했더니 달밤에 淺水灣을 건너는 낭만은 비길 데 없이 즐거웠으나 정작 안면도의 돌개(石浦)라는 갯가에 닿고 보니 이미 子正 가까운 한밤중인데 교통편이 전혀 없어 부득이 배 밑 축축한 자리에서 잠을 자려던 참에 面書記 崔主事가 은하수 클럽간부들과 트럭을 몰고 나와 주어서 한없이 반가웠다.

우리의 봉사절차는 작년의 경험을 토대로 하여 대체로 그 일정에 따라 낮에는 밭에 나가 땀으로 봉사하고 밤에는 모기 떼와 싸우면서 文盲兒를 상대로 열을 올렸는데 '고통이 곧 기쁨'임을 체험할 수 있는 것은 보람이 컸다.

文盲兒들은 '샛별이 왔다'는 소식을 전해 듣고 자진해서 모여들었는데 가냘픈 몸이 밭에서 하루종일 일하다가 저녁을 먹고 나면 허리에 책 보자기를 감고 밤길을 더듬어 오가는 모습이 애처로워 보였으나 시골 태생인 그들에겐 이것쯤 약과라는 듯 선선히 웃어주는 표정이 더없이 고마웠다.

星은 이번 봉사에서 교무주임 역을 맡아 가지고 저녁마다 몰려오는 文盲兒들을 접수 배당하느라고 수고가 컸고 한편 우리는 그들 文盲을 지도하는 세 가지 방침을 세웠으니

1. '무엇을 가르치느냐?' 보다도 '왜 그것을 가르치느냐?'를 생각하라.
2. '무엇이 되느냐?'를 가르치지 말고, '어떻게 사느냐?'를 가르쳐라.
3. '어떤 아이를 가르치느냐?'를 생각지 말고, '어떤 아이로 가르치느냐?'를 생각하라.

그것은 곧 관념을 넘어선, 곧 생활교육 인간교육이라고 우리는 자부했다.

전 봉사기간 20일간은 덥고 지루하고 힘겨웠으나 결과적으로 그것은 우리에게 人生行路의 中樞的인 動力을 심어주었고, 또한 그 다양한 체험은 삶에 대한 풍부한 지식을 안겨주었을 뿐 아니라, 여하한 고난과 시련에도 수저함 없이 감당해 나갈 정신력을 심어주었으며, 그래서 우리는 꼬박 10년간을 '목마른 소가 샘을 찾아가 듯' 안면도를 즐거이 다녔다.

답십리의 듀엣, 너의 大學 進學

답십리의 우리 집 겨울철 부엌에서는 아침저녁으로 뽀~얀 김이 자욱하게 뿜어 나오곤 했었는데, 그 부엌에서는 또 어머니의 취사를 도와드리는 언니와 너와의 平和로운 듀엣이 김과 함께 뿜어 나와서 우리들의 마음을 안온하게 가라앉혀 주곤 했던 기억을 잊을 수가 없다. 언니는 소프라노, 동생인 너는 앨토를. 그리하여 우리 집안 화목은 너희 자매의 부드러운 和音 속에서 퍼져 나오곤 했었다. 그것이 1950年代 후반기였으나 아직 上水道 시설이 그곳 변두리까지는 뻗질 못했었고, 그래서 항상 물이 모자라는 때문에 너희 자매가 저녁마다 앞마을 우물물을 길어가지고 가파른 언덕길을 오르내려야 했던 고역! 더구나 그 우물 자체가 본래 수량이 부족해서 마을 사람들이 잠든 야반에 가서야 겨우 물이 고이는 탓에 너희는 초저녁에 공부를 하면서 밤들기를 기다렸다가 子正 무렵이 되어서야 물을 길어 나르는 힘드는 중노동이었건만 그러나 천생으로 낙천적인 너희들은 마냥 즐거운 표정으로 물지게를 져 날랐으니 필시 어느 옛말과도 같은 장한 이야기이다. 그렇게 연상 드나드느라고 대문을 미처 닫지 못했더니 어느 날 저녁에는 그 열린 대문의 틈을 타고 밤손님이 들어왔다가 그만 가까이 다가오는 너희들의 웃음 소리에 쫓겨 그대로 달아나 버렸던 아찔했던 두려움을 너희도 기억하리라. 그 무렵 언니는 이미 서울 醫大生이었으나, 너는 이제 大學을 선택해야 하는 막판에 와 닿아서 초조와 긴장과 공포에 떨어야 했었고 그러다가 우리들은 "目前의 安易에만 탐닉하지 말고 비록 힘에 겹더라도 좀더 높고 벅찬 과녁을 목표해서 활시위를 챙기기로 하자."라는 만용, 그야말로 용감한 만용을 다짐하면서 서울 師大를 골라잡았고, 그로부터 너희는 每日 초저녁에 책상에 달라붙었다가 12시에 물을 길어오고 나서 다시 들어 앉아서 오전 2시까지 눈을 비벼가면서 공부와 결투하였으니 아마 一生 中에서도 가장 힘찬 성장에의 행진이었으리라고 본다.

1958년年 1月! 琁은 용하게 입학시험을 치르고 나서는 밤낮 울다시피 자지러드는 가슴을 부여잡고 발표날을 기다리다가 정작 발표날 정오에 언니의 부축을 받으며 떨리는 걸음으로 방을 보러 가서는 분명히 합격된 자기 번호를 보자 그만 치밀어오르는 감격을 누르지 못해 그 옆 미루나무 그늘에 가서 흐느껴 흐느껴 울어대는 너를 "얘. 얘. 이러다간 떨어져서 우는 줄 알겠다."고 언니가 부둥켜 일으켜서 눈물을 닦아주었던 정경이 항상 내 눈시울을 뜨겁게 해준다.

너희 大學生活 中에 일어난 歷史的인 大事件은 바로 4·19! 그것은 우리 민족의 正義와 自由를 선포한 피의 외침이었던 것이다.

三一運動이 大韓민족의 존재를 萬邦에 알린 절대 독립에의 절규였다면 4·19는 이 민족의 良心的自由를 울부짖은 人間意志의 포효(咆哮)였다. 그것은 결코 단순한 데모라든가 순진한 학생들의 혈기에 쏠린 의거로만 돌려버려시는 안 될, 절대로 안 될 '不正과 부패에 대한 참을 수 없는 항거', 그래서 우리가 오래도록 기억해야 할 명예로운 혁명이었던 것이다.

✳

1975년 7월에 우리가 미국을 관광했을 적에, 우선 독립운동의 발상지부터 찾자는 발걸음이 콩코드의 광장에 서 있는(Minute Man)의 동상 앞에 서서 그 碑文을 읽어 내려가다가, 그 마지막 줄의 〈1776. 4. 19〉라는 날짜를 읽는 순간 나는 그만 긴장하지 않을 수 없었었다. '이들에게도 4.19가 있었구나. 이들도 4.19에 일어났구나!'고 혼잣말하던 나는 전신(全身)의 피가 끓어오르고 얼굴이 달아오름을 누를 길이 없었다.

이들은 4.19의 피로 自由의 天地를 이룩하였건만, 우리는 같은 피를 뿌리면서도 결국 이루어 놓은 것이 무엇인가! 나는 그만 우리 젊은이들의 외침이 부끄러웠고 그들의 뿌린 피의 열기가 부끄럽기 한이 없었다.

星과 한 반인 國語科 李某君은 총탄을 맞아 피를 흘리며 침대에 누워 있으면서도 연달아 들어오는 "어린 부상자를 먼저 치료해 주라."고 의사를 떠밀며 자신의 치료를 소홀히 하다가 끝내 숨지고 말았다니 진정 눈물 없이는 들을 수 없는 정경이다.

4 · 19 혁명의 웅혼한 설계는 좌절되었다. 그러나 그 정신, 그 이념이 살아 있는 한 우리의 민주주의는 기필코 되살아나고 자라날 것을 믿는다.

이혜성 선생님(星의 師道行)

1962年 2月에 서울 師大 國語科를 나온 너는 서울 京東中學校 국어 교사로 배정을 받았다. 4年間 대망해 오던 敎壇人이 된 일이 무척 감사로웠다. 男子中學校로 가게 된 일이 좀 뜻밖이었으나 그러나 男學生들과 접촉해 보는 것도 좋은 경험이 될 것이고, 한편 男 敎師들만 있는 교무실 분위기를 퍽 부드러이 해줄 것을 나는 기대했었다. 과거에 아버지가 仁中 교감으로 있었을 적에 校內의 공기를 좀 더 부드럽게 하기 위해 音樂 교사와 國語 교사는 女 교사를 쓰도록 건의한 적도 있었다. 지금 한창 장난꾸러기인 男中生, 잠시도 조용히 앉아 있지 못하고 싸대는 놈들을 진압하기 위해 대부분의 교사들은 회초리를 거의 必需品인 양 들고 다녔고 더구나 너와 함께 새로 부임한 女先生도 역시 그리했건만 너는 절대로 회초리는 안 들고 교실에 들어가노라는 말이 내 마음에 흐뭇하더라. "같은 물을 마셔가지고도 뱀은 독을 만들고 소는 젖(乳)을 만든다."는 말을 나는 가끔 생각해 보곤 한다. 때마침 京東中學은 '국어과 연구 지정학교'로 되어 있었던 참인지라 新卒인 너에게 그 달갑지 못한 짐이 지워졌지만 너는 열성껏 所任을 다하여 好評을 받았고 또한 그것이 후일 母校 梨花에 오게 된 底力이 되기도 했었다.

어린 男子놈들이 너를 잘 따라 주어서 매일매일이 즐거운 日課였고, 그때의 弟子로는 12기 샛별 최경숙 의사의 夫君인 崔병한 소아과

의사가 기억에 남고, 특히 中 3때 담임이었던 李某君은 지금 청와대 비서로 있는데 星이 80年 3月에 스리랑카 연구회에 가게 되었는데도 旅券 수속이 못 되어 다급한 사정을 호소했더니 그야말로 東奔西走로 활약해서 3日 안에 거뜬히 갖추어 주는 것을 보고는, 이미 14年 전의 은의를 잊지 않는 男子다운 信賴性에 무척 감탄한 적도 있었다.

65年 후학기에 너는 梨花에 오게 되어 어린 女학생들과의 접촉이 사뭇 자상스러웠고, 中 1 수업시간에 무슨 이야기 끝에 生日 이야기가 나와서 '선생님 生日'을 묻는 바람에 무심코 날짜를 알려주었더니 고 귀여운 놈들이 고스란히 기억했다가 한여름 8月 31日에 동아방송 희망 음악방송을 통해 네 생일 축하 음악을 즐거이 들었고, 그러다가 3年 후에 네가 미국 유학길에 오르게 되자 또 다시 음악방송이 들려왔는데 "3年 동안 저희들에게 항상 언니처럼 다정한 웃음으로 대해 주시던 선생님께서 머지않아 먼 나라로 떠나신다니 믿어지지 않아요. 그러나 그것이 선생님을 위해 좋은 길이라면 저희들 모두 선생님의 행운을 빌겠어요. 영원히 잊을 수 없는 이혜성 선생님께 '해피 투게더'를 보내드립니다. 梨花女中 3학년 일동."이라는 사연과 음악을 우리는 뜨거운 마음으로 들었었다.

이렇게 써 내려가는 동안 아버지의 머리에 떠오르는 것은 나도 一生 동안을 교단에서 지내면서 내 나름대로 학생들과의 情理面에서 결코 남에게 뒤지지 않는다고 은근히 自負하고 있었다마는 그러나 星의 교사다운 애정과 덕성에는 멀리 미치지 못하는 것을 새삼 느끼면서 소위 其子勝於父를 자랑해 보는 심정이다.

기계문명식 사고방식의 만연으로 교사도 기술자로 전락하고 있는 오늘이지마는 그러나 人間과 人間의 접촉에서는 기술보다도 情이 앞서야 하는 것.

깊은 생각은 깊은 마음에서 오고
깊은 마음은 깊은 사랑에서 오는 것이니라.

伯樂一顧, 伯樂이 있은 後에 千里馬 있다

아버지가 어려서 읽은 글에 '世有伯樂然後有千里馬'라는 구절이 있었던 것을 기억한다. 뜻인즉 "이 세상에 말을 잘 알아보는 伯樂 같은 사람이 있으므로 해서 千里馬의 존재를 알아보게 된다."는 뜻인데, 伯樂이란 원래 天馬를 관장하는 별(星)의 이름이던 것이나 孫陽이라는 사람이 馬相을 하도 잘 보았기 때문에 伯樂이라고 불리웠던 것이라고 한다. 그는 실로 말의 관상을 잘 보는 慧眼이 있어서 무심히 보아 넘기기 쉬운 凡馬中에서도 그가 한 번 점찍어 놓은 말은 기필코 우수한 千里馬로서 一世를 풍미하였다는 것이다.

한 名馬를 갖고 있는 사나이가 어느 날 伯樂을 찾아와서 하는 말이 "저에게 한 마리의 駿馬가 있는데 이 말을 팔려고 시장에 내다 매어 놓았으나 사려는 사람이 도무지 없습니다. 그러니 한 번 오셔서 品

評을 해주시면 후하게 예를 드리겠습니다.”고 간청을 하는 것이었다. 伯樂은 승낙을 하고 시장에 나가서 그 말의 肢體를 찬찬히 돌아보며 감탄을 거듭하였고 돌아설 무렵에는 아직도 미련이 남아 있는 표정으로 되돌아보고 되돌아보았다. 이 모양을 바라보고 있던 사람들은 제 각기 그 말을 사려고 다투어 값을 올려서 눈 깜짝할 사이에 말의 값은 10배로 뛰어올랐다는 것인데, 이것이 바로 ‘伯樂一顧’라는 故事이다.

이 이야기를 요약하면 제아무리 名馬의 소질을 타고 났다 하더라도 伯樂 같은 炯眼을 만나지 않고서는 그만 별볼일 없는 鈍馬로 生을 마치고 만다는 것이다.

이제 이 이야기를 本軌道로 돌리자. 혜성이가 오늘의 위치를 닦아 올리게끔 굳건한 동기를 심어준 것은 바로 너의 兄夫 韓君이었음을 나는 늘 감사하고 있다. 그러기에 나는 늘 우리 韓君을 伯樂에 견주어 보는 것이다. 15年 前인 1966年 5月, 韓君 이미 3年 前에 미국에 건너간 언니의 뒤를 따라 渡美修學의 길에 오르면서 아버지 어머니에게 못 박아 놓은 말은 “星은 기어코 공부를 시켜야겠습니다.”라는 희망찬 신호였다. 그는 진지하게 말을 이어서 “오늘껏 젊은 女性들을 접할 기회도 상당히 있었습니다마는 星만한 女性을 만난 적은 없습니다. 星은 보기 드문 女性입니다. 星은 기어코 공부를 시켜야겠습니다.” 그것은 아버지 어머니의 가슴에 담아준 星에의 지표였다. 媛 언니는 이미 3年 前에 건너가서 기반을 닦아 놓으면서 동생인 너에게 줄곧 손길을 펴왔고, 그의 뒤를 따라 길 떠나는 兄夫가 또한 “星은 기어코

공부를 시켜야겠습니다."라는 다짐을 주었으니 그 한마디는 네 父母
의 가슴에 금패처럼 새겨져서 '星은 기어코 공부를 시켜야 한다'는 것
이 우리 집안의 불변의 목표로 굳어졌고 더 나아가서는 움직일 수 없
는 염원으로 자리 잡게 되었던 것이다. 그리하여 兄夫가 떠난 후 一年
半동안 너는, 하늘을 날아갈 준비를 꾸준히 갖추면서 夜間大學인 국
제대학 영문과에 학사편입으로 들어가서 英文學의 실력을 더욱 닦는
한편, 梨花의 영어회화 선생인 미스 마틴 宅에 一週間에 이틀씩을 꼬
박꼬박 찾아가서 영어회화와 히어링의 수련을 쌓으면서 돌다리를 두
드려서 건너는 조심성으로 발판을 굳혀 왔었다.

그러나 그렇듯 정성을 기울여서 만반의 준비를 갖추면서도 너는 결
정적인 단안을 내리지 못하고 망설이고 있었으니 그것은 네가 梨花에
와서 中學 一年 때부터 담임하여 정들어 데리고 올라왔던 2학년생들
을 그냥 뿌리치고 떠나기는 너무나 아쉬웠고, 더구나 萬一 그들이 3학
년으로 진급할 적에 네가 계속해서 그들을 담임하게 된다면 그들과의
깊은 애정을 어떻게 뿌리치고 떠날 수 있을 것인가?라는 교사로서의
의무감, 애정감 때문이었던 것이다.

그렇듯이 마음의 갈피를 못 잡고 고민하던 차에 마침내 自由의 女
神은 네가 아무런 애착 없이 길을 떠날 수 있게끔 청신호의 불을 밝혀
주었으니 그것은 곧 너를 3학년 담임이 아닌 2학년 담임으로 떨어뜨
려줌으로써 너는 그야말로 心機一轉, 一抹의 미련두 없이 梨花에 작
별 인사를 드리게끔 일을 이끌어 주었던 것이다. 마치 목구멍에 걸렸
던 생선 가시를 후벼낸 듯 경쾌한 기분으로 모든 밀렸던 절차를 정리

하고, 마침내 1968年 1月 21日, 드디어 너는 靑雲의 날개를 펴서 하늘 높이 날아 올라갔으니 과연 장쾌한 출발이요, 찬란한 비상이었다.

　그리하여 이틀 후에 네 발은 언니가 있는 보스턴을 찾았고 다시 이틀 후에는 네 目的地인 휘치버그대학의 門을 두드리게 되었던 것이다.

휘치버그大學

　1968年 1月 28日. 너의 제2의 人生이 열리던 날. 언니 內外의 정성 스러운 안내를 받으며 휘치버그大學엘 찾아가서 첫 人事를 올렸더니 그들은 언니네 부부가 모두 醫大교수라는 身分을 정중하게 응대해 주 면서 원래는 그 학교의 女학생 기숙사에는 大學院生은 안 넣는다는 원칙을 깨고 너를 파격적으로 받아 넣는 특혜를 베풀어 주었고, 또한 일반 기숙사생들도, 네가 'Korea'라는 未知의 나라에서 왔다는 점에 호기심이 쏠려서 어느 날 저녁에는 숲舍生이 둘러앉아서 다정스러운 환영회를 베풀어 주었는데, 그 會合의 간판에 한글로 써 있기를 '환영 이혁성'이라고 크게 써 붙여 주어서, 너는 혼자서 허리가 끊어지게 웃 었노라는 회상이 반갑게 떠오른다. 아무튼 그 아가씨들의 자상한 友 情은 생각할수록 고맙기만 하다. 서울 師大에서는 국어국문과를 공부 한 너였건만 미국에 건너간 처지에서 그 공부를 더 계속할 수는 물론 없었고, 그래서 새로운 분야인 敎育心理學科를 택한 것은 과연 先見 之明이었다고 본다.

너의 휘치버그 생활에 항상 그림자처럼 따라다니면서 한결같이 따뜻한 손길을 펴주신 분은 바로 네 은사인 Hobbs 할아버지였음을 우리는 잊을 수가 없다.

그 해 여름 방학에는 어린 국민학생 캠프 班의 리더로 따라가서 미국 어린이들의 생활감정에 직접 접촉할 수 있었는 바 星을 그 길로 떠내보내면서 H 할아버지가 네게 주신 말씀, '너의 최선의 것을 사랑으로 주라.'고 하신 말씀은 실로 잊을 수 없는 교훈이더라. '너의 최선의 것을 사랑으로 주라.' 다시 길은 열려서 이번에는 그곳 초등학교 교사로 직장을 얻게 되었으니 이거야말로 天來의 행운. 星을 채용한 측에서는 너의 5년간의 교육경력을 중요시했다고 하나 가만히 생각해 보면 그것은 틀림없이 위로부터의 섭리의 은택임을 나는 깊이 감사한다.

그러자 너의 記事가 地方신문에 보도되매 너는 일약 名士가 되어서 로터리 클럽에 나가서 韓國을 소개하는 등 슬기로운 日課를 엮어나가면서 명예로운 敎育學碩士가 되었으니 嘉賞嘉賞!

❦

목표는 높이 太陽에 걸고

博士 코스로의 매진

휘치버그大學에서 언어장애의 수렁 때문에 일시 슬럼프에 빠졌던 너는 스스로의 고매한 의지와 강인한 집념으로 그 고비를 명예로이 극복하자 다시금 기고만장한 패기로 버지니아大學校 博士 코스로의 의

욕을 불태웠으니 실로 장쾌한 승리의 기록이었다.

진실로 몽떼뉴가 한 말대로 '우리에게 고통을 주지 않는 것은 우리에게 쾌락도 주지 못하는 것'이었다. 진리 탐구를 위한 '애씀의 땀'이 크면 클수록 승리의 기쁨이 倍加된다는 것은 실로 萬古不變의 진리이다.

속말대로 '종로 네 거리에 가져다 놓은 시골 닭'처럼 어리둥절했던 네가 七顚八起 악전고투의 고난을 슬기롭게 헤치고 나서, 이제 학구의 최고봉을 향해 巨步를 내딛게 되었으니 과시 刮目할 진전이었다.

너는 그 당시 아버지에게 보낸 글에서 농담 삼아 쓰기를 "아버지로부터 '星박사 보아라'라는 편지를 받고 싶어서 저는 이 길을 가기로 마음먹었습니다."라고 여유를 보여준 일이 나를 한없이 즐겁게 해주었었다.

미국 동북부에 자리잡은 휘치버그에서 고속도로를 남으로 달리기만 이틀. 가슴이 아프도록 벅차오르는 꿈을 안고 29번 國道를 달려내려오는 너의 눈에는 온갖 삼라만상이 오로지 너만을 위해 마련해 놓은 神의 배려인 듯 그저 감사롭고 그저 감격스럽기만 하였으리라.

미국 독립선언서의 기초자로, 아울러 제3대 대통령으로 너무나 유명한 토머스 제퍼슨이 건립한 名門校 버지니아大學校는 우쭐우쭐 춤추는 大自然과 함께 화-ㄴ한 웃음으로 너를 맞아주었으리라.

아마 너의 생애 중 가장 의기양양했던 행진이 바로 그 이틀 동안의 路程이었으리라고 생각하면서 뒤늦게나마 프랭클린의 다음 警句를 너에게 보낸다.

"참되게 원하고 참되게 노력하라. 人間은 그가 원하고 노력한 만큼 위대해질 수 있다."

버지니아의 自由人 혜성이의 生活이 드디어 막을 올리다

이제 너에게는 언어의 장벽은 완전히 해결되지는 않았으나 감정의 고갈이 없었다. 오가는 친구들에게 구김없이 유머를 던질 수 있는 여백이 있었고 기름진 沃土에서 마음껏 꿈을 키울 수 있는 낭만이 넘쳐 있었다. 노력이 그 수고한 만큼의 대가를 보상 받을 수 있는 풍토 위에서 너는 일념 학구에 몰두하였다.

그리하여 카운슬링을 전공하기 3년. 73년 8월 18일에 드디어 교육학 박사학위를 받았으니 星 박사 만세, 星 박사 만세.

한편 너는 그 위치에서 차분히 지난날을 돌아보고 앞길을 가늠하면서 글을 보냈더라.

많은 外國人 학우들 사이에 섞여서 공부할 적마다 더욱, 모교 선생님들의 크신 은혜를 다시금 느끼곤 했습니다. 이화는 저에게 오늘의 풍요를 안겨주신 은인입니다. 저는 어서 고국에 돌아가서 후배들을 가르침으로써 그 은혜에 보답하고 싶습니다.

버지니아대학교는 전 미국 내에서도 일류급에 드는 대학이고, 저의 科에서는 약 10년 전 인도인 女子 박사에 이어 제가 두 번째의 외국인 박사입니다. 저는 이제 보다 높은 결실을 향해 최선을 다할 것을 거듭 다짐하고 있습니다.

네가 어서 고국에 돌아와서 후배들을 가르치겠노라는 결의는 너를 기다리고 있는 우리들을 광희(狂喜)시켰다.

진리는 결코 독점해서는 안 되는 것이요, 또한 그것은 절대로 매장시켜서는 안 되는 것이다. 모름지기 진리는 널리 나누어 주어야 하는 것이며, 진리의 妙味는 진실로 나누어 주는 데 있다. 쉽게 말해서 돈이나 물건은 남에게 나누어 주면 그만큼 나의 소유가 줄어들지마는, 진리는 그와는 반대로 남에게 나누어 주면 줄수록 나의 소유가 더 폭넓어지고 풍요해지는 점에 그 진리다운 성격이 있음을 우리는 결코 간과해서는 안 된다. 이것이 바로 진리의 묘미인 것이다.

금의환향

청운의 뜻을 품고 학구의 길에 나선 학도에게 있어서 그의 최종적인 뜨거운 소망은 곧 '금의환향(錦衣還鄉)'임을 여기 다시 재론할 필요는 없을 것이다. 그러기에 옛글에도 "男兒立志出鄕關 學苦不成死還, 사나이가 한 번 뜻을 세우고 향관을 떠난 바에는, 만약 학문을 이루지 못한다면 죽어도 돌아가지 않는다."고 절규한 점으로 보아서도 금의환향은 萬학도에게 공통된 최고 소망이었음을 쉬 짐작할 수 있다.

너는 68年 1月에 이른바 立志出鄕關을 한 이래 6年간의 면학을 쌓아가지고 교육학 박사학위를 안고 74年 2月에 돌아왔으니 진실로 명예로운 금의환향이었다.

귀국하자 곧 서울 女大에 초빙되어 女性문제연구소장을 겸직하면서 다음 해 베이루트에서 열린 아세아 基督敎女大學長 회의에 참석차 출국하는 길에 동남아의 여러 나라를 돌아보았고, 그러자 梨花女大에서 초빙 교섭의 손길이 뻗어서 說往說來를 거듭하다가 78年 9月에 자리를 옮겨 敎心科 교수에다가 사회복지관장, 학생생활지도연구소장 등 바쁜 일과를 엮어 나가는 한편 80·81年에 걸쳐 저명한 심리학자인 반 후스 교수의 완전한 카운슬러 매슬로 교수의 存在의 心理學 두 역서를 내었고 그러자 결혼식을 3日 앞두고 부교수로 승격되었으니 퍽이나 순탄한 교수 역정을 걷고 있음을 치하한다.

전해 내려오는 해학적인 농담대로 '80객 노인이 60살 된 아들을 훈계'하는 격이 되겠지만, 여기서 톨에게 더욱 바라고 싶은 말은

1. 하나의 결산은 하나의 청산인 동시에 또 하나의 새로운 출발의 시점이 되기를 바란다. 네가 닦는 학문은 바로 인간 정신의 정화에 있다고 나는 보고 있는데 그것은 실로 전 세계, 전 인류에 공통되는 인간적 과제인 만큼, 너는 네 학문 내지 네 존재를 더욱 높이 닦아 올려서 인류 속에 존재하는 인류의 학자로서 더욱 연찬하기를 바란다.

2. '어떻게 자라왔느냐?'가 문제인 것이 아니라, '어떻게 자라갈 것이냐?'가 더욱 문제인 것이다. 너는 1년에 2권씩의 저서를 굳게 다짐하고 있는 학구적 설계를 기뻐한다. 이미 해놓은 일을 사랑하지 말고, 앞으로 해야 할 일을 더욱 사랑하라. 황금시대는 결코 과거에

있지 않고 항상 미래에 있는 것이니라.

토인비는 말하고 있다.

"그가 하고자 하는 일을 미리 말하는 자는 아무 일도 하지 못할 것이요, 그가 이미 해놓은 일을 자랑삼는 자는 오래 남을 일을 하지 못할 것이다."

그러고 보니 슈바이처의 다음 말이 또 떠오르는구나.

"地上을 흐르는 시냇물보다 땅 밑에 스며 흐르는 地下水의 분량이 더 많듯이 사람에게도 그 마음속에 담긴 理想的 欲求가 더 많은 것이다. 이 欲求를 개방시켜서 실천에 옮기는 사람을 人類는 참으로 기다리고 있다."

❧

대망의 새 家族 吳君

'思無邪'로 定評 높은 東洋最古의 古典詩經의 첫머리를 보면

關關雎鳩在河之洲
窈窕淑女君子好逑

"구욱구욱 징경이(水鳥. 원앙새의 일종)는 강가의 섬에서 울고 아릿다운 아가씨는 君子의 좋은 짝."이라는 사랑의 결합을 노래하는 시구로 시작된 점이 흥미롭다.

이상적으로 잘 결합된 婚事를 칭송하는 말로 흔히 천정배필(天定配匹)이라는 말을 쓰거니와 이제 우리의 경우는 婚期를 많이 넘은 星에게 뭊君이라는 대망의 낭군이 나타나 준 일이 과연 어김없는 천정배필이요, 그는 정녕 하늘이 보내어 주신 배필임을 감사한다.

뭊君이 星을 무한 애중함은 당연지사이려니와 한 걸음 나아가서 우리 집(처갓집) 가족들을 항상 담담한 심정으로 다정하게 대해 주는 겸허한 성품은 또한 우리 가풍을 더욱 돋우어 주는, 그래서 우리 가정에 내려주시는 무한한 은총을 더욱 감사하여 마지않는다.

오랫동안 주부의 자리가 비어 있었던 가정이었건만 家長 뭊君이 의연한 자세로 가족들을 이끌어 나감으로써 해서 집안 질서가 조금도 동요됨이 없이 정연하게 유지되어 온 한 점만 보더라도 그의 인간적인 중후성이 느껴져서 더욱 믿음직스럽다.

네가 결혼하기 전까지는 네 부모인 어머니와 나는 너를 대면할 적마다 벌써 이미 치렀었어야 할 중대한 절차를 못 다해 준 미적지근한 불안감이 항상 앞장을 서곤 하더니 이제 대망의 혼인성사를 축복스러이 마치고 星이 주부로 들어앉은 오늘, 너의 가정이 정상적인 궤도를 되찾아서 文字 그대로의 화기애애한 家風이 되살아났으며 더구나 婚前에 가장 걱정스러웠던 두 아들 원기, 형기의 형제가 조그만큼의 어색함도 없이 새엄마인 星을 살뜰히 따라주는 정경이 바라볼수록 감사롭기만 하다. 그것은 너와 그 형제를 위해 더없이 행복스러운 일인 것은 두말할 것도 없거니와 한편 旲君의 경우로 보면, 자칫 허황에 빠지기 쉬운 환거(鰥居)시절을 더욱 엄격하게 지켜온 그의 단정한 인간성의 結晶임을 다시금 치하해 마지않는다.

旲君의 기업가로서의 탁월한 신념이 또한 내 가슴을 뿌듯하게 해주던데, 어느 날 무심코 주고받은 말 가운데서 내 기억에 깊이 못 박힌 것은

1. 먼저 일의 테두리를 분명히 그어 놓아야 한다. 확고한 이념 아래 일의 윤곽을 확실히 세워 놓고 그 기준 아래에서 細部를 충족시켜 가노라면 일은 원만히 이루어지는 것이다.
2. 기업가의 관심은 항상 종업원의 보수에 주력되어야 한다. 기업에서 얻어지는 이득에만 현혹되지 말고 기업에 종사하는 고용인들의 보수를 따뜻이 걱정해 주는 기업인이 되어야 한다. 눈에 보이는 成果보다도 그 그늘에서 바쳐진 노고에의 보수에 인색해서는 안 된다.

결코 자기의 수득에만 집착하지 않고 말 없이 바쳐지는 노고를 더 심려하는 그의 후덕스러운 성품은 필시 가정을 낙원으로 다스릴 것을 믿는다. 행복한 가정 생활이란 부단한 노력과 슬기로운 지혜로써 쌓여지는 것.

이미 不惑을 넘은 너희 內外는 절대 신뢰와 절대 협조의 기반 위에

서 서로 양보하고 서로 격려하면서 더욱 알찬 自己完成을 힘써 나감으로써 인격적 매력이 넘치는 知性人 부부 되어 주기를 바란다.

結語

거의 끝이 없이 이어질, 이 긴 이야기를 일단은 끝맺어야 할 단계에 와 닿은 듯싶다.

서너달 전, 네 결혼식 날이 차츰 임박해 오던 무렵, 네가 입버릇처럼 되뇌었던 대로 '43년 동안 살아온 집'을 떠나는 것이니, 너로서도 애틋한 정회가 한이 없을 것이고 또한 너를 떠나보내야 하는 아버지로서도 솟아오르는 감회가 끝이 없구나. 더구나 星과는 '같은 교육 동지'라는 同質感에서 우리 집 여섯 딸 中에서도 가장 많은 대화를 자주 나누었던 지난날을 되풀이 회상하게 된다. 우리 둘의 대화의 내용들은 분명 오는 날을 예비하기 위한 간절한 소망이요, 기원이었을 것을 나는 믿는다. 두말할 것도 없이 '결혼은 제2의 生의 출발'임에는 틀림없지마는 그러나 그것은 결코, 지난날의 生과는 냉랭하게 단절되는 生硬한 것이 아니라 필연코 有機的인 연결로서, 너의 오늘까지의 生活자세가 그 底邊을 이룰 것이고 그렇기에 너의 과거를 아는 많은 친구들이 달려와서 '니의 더 큰 약진'을 열성껏 빌어준 그 우정들을 나는 감사한다.

베르그송의 말대로 '生活은 사상의 표현이요, 사상은 生活의 반영'

인 것. 우리가 산다는 것, 우리가 존재한다는 것은 우리가 변화한다는 것이요, 우리가 변화한다는 것은 우리가 어떤 方向으로 成長하고 성숙한다는 것이요, 끊임없이 自己自身을 창조해 나가는 것이다. 결코 안일한 타성에 빠지지 말고 더욱 성실하게, 더욱 겸손하고, 더욱 근면하게 '너' 自身을 충족시켜 나감으로써 학문과 진리를 사랑하는 정성이 體臭처럼 풍겨 넘치는 '너'이기를 골똘히 기원한다.

知性人의 오롯한 염원은 항상 '있어야 할 내일'을 기원하는 不動의 소망에 있어야 한다고 나는 본다. 그야말로 '人不知而不'. 남이야 알건 모르건 그늘에서 선의 씨를 뿌리는 한결같은 精念이 우리의 心身에 배어 넘치기를 바라고 싶다.

인간의 성실과 예지는 인간의 불성실과 무지가 자아낸 여하한 모순과 비극이라도 능히 수습할 수 있고 해결지을 수 있다. 이것이 오늘 우리 젊은 지성인들이 엄숙히 책임져야 할 의무요, 또 권리인 것이다.

02

知音이 宇川에게*

"結婚은 바로 結魂이니라"

結魂으로 융합하고, 結魂으로 성숙하고

結魂으로 창조하고, 結魂으로 成就하라

結婚은 곧 結魂이어야 하느니라

— 1981년 2월 21일 결혼식 날 아버지께서 주신 말

1980년 10월 8일

세상에 태어나서 40여 년 사는 동안 단 한 번도 만난 적도 없고 들어
본 적도 없는 당신을 처음 만났던 1980년 10월 8일 저녁의 감동을 잊

을 수 없어요. 마흔 살이 넘도록 시집을 못(안) 가고 있었던 나는 나의 결혼 상대에 대해서 비교적 확고한 기준이 있었습니다. 첫째는 서울대 졸업생이어야 할 것. 그러나 사대나 법대나 의대, 농대 등은 싫고, 공대나 상대, 문리대 출신이면 좋겠다고 생각했습니다. 둘째로는 몸이 큰 사람을 원했습니다. 내가 뚱뚱하기 때문에 나보다 마른 사람은 싫고 특히 손과 발이 듬직하게 크고 목덜미가 굵은 사람을 원했습니다. 그리고 가능하면 나와 같은 以北 사람이면 좋겠다고 생각했고, 무엇보다도 가장 중요한 조건은 쩨쩨하지 않은 사람, 남성답고 당당한 사람과 결혼하고 싶었습니다.

그런데 1980년 10월 8일 성북동에 있는 엔지니어 클럽에서 만난 당신은 나에게는 그야말로 '맞춤형 신랑감'이었습니다. 서울대 공대 건축과 졸업생, 175cm, 90kg의 우람한 체격, 듬직한 손과 굵은 목덜미, 종횡무진 거칠 것 없는 평안도 사투리로 자신의 사업에 대해서 설명하는 확신에 찬 모습. 하나에서부터 열까지 당신은 남성다웠고 당당

🗨 ●●● ┈┈┈┈

* '知凛이 宇川에게'는 2009년 한국상담대학원대학교가 교육부로부터 설립인가를 받고 개교를 준비하면서 '문학과 상담' 강의를 시도하면서 썼던 과제물이다. 그 강의를 하면서 나는 자기다운 삶의 보람을 찾아가는 상담의 과정 속에서 자기가 하고 싶었던 말과 생각을 정직하고 정확하게, 문학적으로 표현하는 훈련 과정이 필요하다고 생각하고 있었다. 그 강의 마지막 과제로 우리들은 모두 자신이 진정으로 하고 싶었던 말을 해보면서 잃어버렸던 자기의 본성을 찾아보기로 하고 이 과정을 '문학상담'이라고 정의했다. 나는 남편에게 하고 싶었으나 실제로 하지 못했던 말들을 편지로 쓰면서 남편에 대한 고마움과 사랑과 아울러 나 자신을 많이 되돌아볼 수 있었다. 그가 투병생활을 하고 있었던 2011년 겨울 어느 날 밤에 그 글을 그와 함께 읽으면서 그와 나는 정서적으로 깊은 공감을 했고 서로를 깊이 이해할 수 있었다. 그 몇 달 후인 2012년 2월 6일에 그는 세상을 떠났다. 그에게 나의 진심어린 감사와 사랑의 마음을 직접 전할 수 있었음을 나는 아프고 감사한 마음으로 지금 되새기면서 이런 과정이 문학상담의 한 축을 이룬다고 생각한다.

했고 쩨쩨하다는 표현과는 180도 다른 사람이었습니다. 학교에서 내가 알고 있는 교수들이나 교회에서 알고 지내는 교인들에게서는 상상도 못하던 진짜로 남성다운 남성의 모습을 나는 그날 처음 만났던 겁니다. 당신이 3명의 장성한 자녀를 둔 홀아비라는 현실은 생각도 못하고 또 내가 40이 넘은 올드 미스라는 사실을 까맣게 망각한 채 그 자리에서 나는 10대 소녀처럼 당신에게 '뽕' 가고 말았습니다. 게다가 그날 밤 지금은 없어진 도큐 호텔의 스카이 라운지에서 당신과 함께 들었던 'Forever with You'는 내 마음을 흔들어 놓았습니다. 그날 집에 돌아 와서 정말로 나는 한잠도 못 잤습니다. 당신을 만난 일이 너무나 엄청나게 감동적이었기 때문이었습니다.

1981년 2월 21일

그리하여 우리는 '結婚은 結魂이어야 하느니라'라는 우리 아버지의 뜻 깊은 교훈과 어머니의 간절한 기도와 축복을 받으면서, 그리고 올드 미스 교수의 뒤늦은 결혼을 근심스러운 마음으로 축하해 주는 가족들과 많은 친지들의 눈길 속에서 1981년 2월 21일 성북동에 있는 엔지니어 클럽에서 결혼식을 올렸습니다.

세상의 그 어느 신부보다 행복했던 나는 당신의 피보호인이 되어서 정말로 기뻤습니다. '결혼에 적령기는 없다. 남편과 아내는 서로가 서로를 마음 놓고 끝없이 좋아하는 관계다.'라는 말을 구호처럼 내걸고 신나게 살았습니다.

시간이 흐름에 따라 나는 당신의 사물을 보는 놀라운 통찰력과 판단력과 추진력에 감탄했고, 직설적이고 거친 말투에 압도당하면서 상처도 많이 받았지요.

상대방의 어려운 사정을 세심하게 인정하며 베푸는 당신의 너그러운 배려에 감격하기도 했고, 동시에 그런 아름다운 선행을 마치 더러운 쓰레기를 버리듯이 처리하는 당신의 오만함에 진저리를 내기도 했지요. 내 마음에 들지 않는 당신의 말투를 고쳐보려고 나름대로 애써오기 28년, 우리 둘 다 어느덧 70대에 들어섰으니 우리도 이제는 '곰삭은 노부부'가 되었습니다.

결혼한 이후로 당신은 나에게 했던 크고 작은 약속을 단 한 가지도 어기지 않고 실천해 주었습니다. 결혼하면서 당신은 "살아서 天堂이랍니다. 지금 당장은 내가 경제적으로 어렵지만 언젠가는 내 사업을 반드시 다시 시작하게 될 것이고, 그러면 당신과 같이 편하고 살기 좋은 집을 짓고, 즐거운 여행을 많이 하면서 삽시다. 모든 일에서 나는 당신을 'priority number one'으로 생각할 것을 약속하리다."라고 했습니다.

1981년 결혼한 해부터 시작한 해외여행으로 우리는 미국, 유럽 각국, 북유럽 3개국, 소련, 남아메리카의 여러 나라, 호주, 일본, 중국, 태국, 말레이시아 등 많이도 다녔습니다. 1981년 11월부터 만 3년 반동안 당신은 사우디아라비아 건설 현장에 근무하면서 그 당시 여성에게는 거의 금지되었던 사우디아라비아에 나를 초청하기도 했지요.

1985년에는 어려운 여건이었지만 '동남주택주식회사'를 설립하여 강릉, 수원, 인천, 부천, 시흥, 검단 등지에 서민을 위한 임대주택사업을 해서 많은 업적을 쌓았습니다. 정확하고 빠른 판단력과 과감한 추진력, 주어진 상황을 날카롭게 통찰하고 포기하지 않는 집요함, 은행에서 쌓은 경험을 토대로 한 파이낸싱의 혜안(慧眼)을 가지고 과감하게 결단을 내리면서 부채가 없는 회사, 하도업자들에게 임금 지불을 제때에 잘해 주는 회사라는 인식을 받으면서 당신은 회사를 키웠습니다. 당신은 자신이 하고 있는 일의 처음과 끝을 정확하게 알고 있기 때문에 적은 인원을 데리고도 완벽하게 일을 처리했다고 생각해요. 700여 세대의 고층 아파트 단지를 조성하고 설계를 완성하는 거대한 구상에서 부터, 각 아파트마다 장판, 도배, 하수도, 냉난방 등의 세밀한 구석까지 꿰뚫고 있는 당신의 지휘 아래에서는 '대충, 대충'이라는 단어는 존재할 수가 없었던 거지요. 당신은 참으로 놀랍고 감동적인 사업가이며 당신에게 가장 맞는 직업을 택한 행복한 사람이라고 믿어요.

당신의 성격상 윗사람을 잘 모시면서 참모 노릇을 하기는 어려울 것이고, 많은 사람을 거느리기에는 당신의 리더로서의 성격이 너무나 강하기 때문에 밑에 있는 사람들이 붙어 있지를 못할 거예요. 당신은 자기가 가장 잘 아는 일을 자기 뜻대로 이루기 위해서 적은 수의 직원들을 자기 마음에 맞게 훈련시키면서 잘 리드하고 있는 것이지요. 다만 당신은 자신의 손은 까딱 하지 않으면서 다른 사람에게서 완벽한 결과를 요구하니까 당신도 당신 밑에서 일하는 사람들도 똑같이 피곤하고 답답하겠지요. 그러나 내가 보기에 당신은 그런 과정을 즐기는 것 같아요. 1991년에는 삼성동 집을 헐고 다시 지었고, 그 동네가 너무 복잡해지니까 우리 노후에 좀 더 조용한 곳에서 편안하게 살기 위해서 2004년에 성북동에 또 다시 집을 짓고 옮겼습니다. 서울 시내라고 믿기 어려울 정도로 조용한 동네에서 새벽마다 아름답고 맑은 새소리를 듣고, 창으로 된 벽과 천장을 통해 밝고 맑은 보름달을 즐기면서 나는 매일 성북동 집을 즐기고 있습니다. 작년부터는 정원을 가꾸는 일에 약간의 안목이 생겨서 내년 봄에는 내 마음에 드는 꽃과 나무로 정원을 단장하려고 하고 있습니다.

그리고 고맙게도 당신은 내가 집안일을 하는 것을 전혀 기대하지도 않고 시키지도 않으면서 "집안일 할 시간에 당신은 다른 일을 할 사람이야."라고 했지요. 이 나이가 되도록 김치를 단 한 번도 담가 보지 않은 여자는 대한민국에 나밖에 없을 거라고 장담해요. 고마워요, 여보! 그러나 나도 주부인지라, 성북동 집에 이사 올 때 나는 "이번에는 부엌을 장악해야지."라고 친구들에게 큰소리를 치면서 스스로도 솜씨 있는 안주인이 되려고 다짐을 했지요. 친구들은 모두 "이제 부엌일에서 해방 될 나이인데 무슨 소릴 하느냐?"고 했으나 나는 정말로 당신을 위해 맛있는 요리를 하고 싶었어요. 그러나 결론은 'Impossible!' 당신이 옳았어요. 부엌에 들어가서는 속수무책인 나 자신을 보고 내가 놀랐고, 요리가 하루 이틀에 되는 일이 아님을 뼈저리게 깨달았어요. 그러나 소화가 잘 안 되고 입맛 없어 하는 당신을 보면서 내가 요리를 잘할 수 있는 아내였으면 얼마나 좋을까 간절히 원하면서 속으로 미안하고 아쉬워하는 마음을 당신은 모르실 거예요. 요리 말고 다른 것으로 당신에게 좋은 아내가 되도록 노력할게요.

우리는 코드가 잘 안 맞는 부부

태어나서 자라 온 가정환경과 장성해서 일해 온 환경이 너무나도 다른 우리 두 사람은 가치관과 사고방식이 너무도 판이한, 정말 코드가 안 맞는 부부입니다.

■ 나는 몽상가이며 이상주의자인 반면 당신은 실리적이며 현실주의자입니다.

■ 나는 직원들을 칭찬하면서 단결해서 함께 일할 수 있게 하려고 노력하는데 당신은 직원들을 책망하면서 서로 경쟁하게 만들면서 훈련시킵니다.

■ 나는 책 읽고 글 쓰고 마음 맞는 친구들과 만나 담소하는 것을 무엇보다도 즐기는데 당신은 책은 죽어도 안 읽고 글 쓰는 것은 자기 이름 사인이나 하는 것이 고작이고 친구들과의 담소도 즐기지 않습니다. 남자들은 나이 들면서 친구가 없다는 것이 공통점인 것 같아요.

■ 나는 남을 칭찬하고 남이 나를 칭찬해 주는 것을 먹고 사는 사람인데 당신은 칭찬에 인색하고 남들의 칭찬을 어색해해요.

■ 나는 대부분의 경우 직원이 해온 일을 보고 "그래요, 좋아요."로 대응하는데 당신은 언제나 "아니지, 그건 틀렸어."라고 대응해요. 그래서 당신은 '아니지 사장', 나는 '꺼뻑이 교수'라고 우리는 서로 흉을 보지요.

■ 나는 대체로 "잘했어요. 내가 생각했던 것보다 더 잘했어요."라고

말하는데 당신은 "이게 다야? 이렇게밖에 못했어?"라고 핀잔을 줍니다. 교수인 나에게 학생들은 자신의 최선의 모습을 보이려고 노력하지만, 회장인 당신 앞에서 일꾼들은 시키는 대로만 따르기 때문이겠지요.

그래서 나 자신은 '교수'라는 직업이 제일 멋있다고 자부합니다. 교수들은 자기가 하고 싶은 일만 해도 되고, 자기가 선택한 학생들을 가르치는 데 비해 다른 직업에서는 상대를 마음대로 선택하지 못하지요. 그렇기 때문에 교수 집단은 오만하고 비협조적이고 이기적인 집단이라는 비난을 받는다고 생각합니다.

- 사업을 하는 당신은 모든 것이 돈과 직접 관계가 있으므로 어떤 일을 하거나 철저하게 점검하고 또 다시 점검해야 하기 때문에 나는 당신을 옥에서 티를 고르는 남자라고 흉도 보지요.
- 나는 절대자인 창조주 하나님을 믿고, 인간이 하는 일은 하나님의 은총이 아우러져야만 빛을 발할 수 있다고 믿기 때문에 항상 기도하면서 사는데 당신은 세상에 믿을 것은 자기 자신뿐이라는 고집이 강합니다.
- 나는 내게 관계없는 일에는 신경을 별로 안 쓰는데 당신은 당신과 관계있는 모든 사람의 일에 관심을 가지고 궁금해합니다. 그래서 내가 당신에게 붙여준 별명은 '오 궁금, 오 참견'이지요. 어떤 때 당신은 좁쌀영감 정도가 아니라 밀가루영감처럼 잔소리가 심해요.

- 나는 대개의 경우 당신이 하는 일에 동의하고 격려하는데 당신은 내가 하는 모든 일에 참견하면서 나를 가르치고 통제하려고 합니다.

- 때때로 문을 벽이라고 우기는 당신의 고집, 무슨 말이나 우선 '아니지'로 대응하는 당신과 대화하려면 숨이 막히는 듯해서 나는 속으로 절망을 합니다. 그리고 자그마한 실수도 결코 잊어버리지 않는 당신의 '좀스러움'에 놀랍니다. 그러면서 나는 '그래도 나는 카운슬러인데. 이해하고 참아야지'라고 도(道)를 쌓고 있습니다.

- 대화하면서 당신의 머리는 다른 사람보다 한 바퀴 반은 더 빨리 돌아가기 때문에 섣불리 당신의 의견에 동의하다가는 바보처럼 되기가 십상입니다. 당신의 생각이 자꾸만 바뀌니까요.

- 나는 주어진 상황 그 자체만을 보는데 당신은 상황의 전후좌우를 동시에 보는 직관력이 있어요. 그래서 나를 가르치려고 하고 나는 그것이 또 그렇게 싫어서 속을 부글부글 끓이지요.

- 이런 과정 속에서 감격과 분노, 기대와 낙담, 환희와 환멸, 감동과 절망을 번갈아 느끼면서 살아오는 나의 내면을 제대로 간파한 구본용 선생이 "원장님이 이렇게 코드가 안 맞는 회장님과 사이좋게 사시는 게 참 이상해요." 했던 말을 생생하게 기억합니다.

- 남들의 눈에는 그렇게 이상하게 보이겠지만 아내인 나는 당신의 착한 근본 심성, 기업가로서의 탁월한 실력과 우수한 머리를, 남편인 당신은 나의 긍정적이고 착한 성격과 전문직 여성으로서의 성실과 정진(精進)을 신뢰하고 인정하기 때문에 서로 존경의 마음이 근본적으로 탄탄하다고 생각합니다.

■ 그래서 우리는 코드는 맞지 않으나 서로 존경하고 신뢰하는 아내와 남편입니다.

2006년 2월 21일

1981년 우리가 결혼한 해, 우리 부모님은 금혼식을 맞으셨지요. 그때 당신은 "우리도 은혼식은 할 수 있겠지?"라고 했는데, 그 말대로 우리는 2006년 2월 21일 은혼식을 맞게 되었지요. 우리는 지난 25년 동안 함께 살아오면서 쌓아올린 서로에 대한 절대적인 신뢰를 바탕으로 어려웠던 고비와 자질구레한 마찰들을 그런대로 잘 극복해 온 사실에 감사하면서 앞으로 더 건강하게 잘 살자는 다짐을 했습니다.

이름 붙은 날을 유난히 좋아하는 나를 위해 당신이 세심하게 마음 써 준 일들을 늘 감사하게 생각하고 있습니다. 1999년 내가 환갑을 맞았을 때, 나는 남들과는 달리 '환갑이 주는 기쁨'에 들떠 있었습니다. 환갑을 기념해서 그동안 써 두었던 수필을 모아 자전적 에세이집 **사랑하자, 그러므로 사랑하자**를 출판했는데 그 출판 기념회를 내 생일 날 서울 클럽에서 하면서 그것이 곧 환갑 기념회도 되었지요. 당신이 그 잔치를 우아하고 멋지고 풍성하게 베풀어 주었습니다. 내 제자들(이화여대, 서울여대, 이화여중, 경동중) 그리고 동료 교수들, 한국청소년상담원 직원들, 샛별들, 이화여고 동창회 임원들.

150명이 넘는 손님을 위한 잔치를 당신이 직접 주관해 주었습니다.

그러고 나서 7년 후, 우리 은혼식을 맞게 되었고 당신은 그날을 뜻 깊게 보내기 위해서 여러 가지로 마음 쓴 것 고마웠어요. 환갑 잔치는 나만을 위한 것이었으므로 많은 사람을 초대했지만 은혼식은 우리 둘을 위한 기념일이니까 조용히 지내면서 우리 둘을 위한 특별한 선물을 당신이 준비하겠다고 했지요. 그래서 롤렉스 시계를 커플로 사서 가졌습니다. 다른 것도 아닌 시계를 선택한 당신의 깊은 뜻을 알아차리고 나는 또 감격했지요.

"남은 시간을 귀하게 아끼면서 보내자."는 당신의 무언의 약속. 고마워요. 앞으로 더욱 성숙한 좋은 부부로 남은 여생을 잘 지내요, 우리!!

당신은 숨어 있는 善行者

하나에서부터 열까지 쩨쩨하지 않고 당당하고 확신에 차 있는 당신은 겉으로 보기에 너무나 강하고 굳어서 당신의 따뜻하고 연한 마음을 엿보기 힘들지만 당신은 남에게 너그럽고 남의 어려운 사정을 잘 간파하고 그 사람에게 가장 필요한 것을 넉넉하게 베푸는 드러나지 않는 善行者입니다. 그리고 돌아가신 당신의 부모님과 우리 부모님을 극진히 모시는 孝子입니다. 당신의 이복 누이를 위해 묘지를 장만해 드리고 일가 친척 조카들의 일자리를 마련해 주고 그들의 어려움을 외면하지 않습니다.

데리고 있는 직원들과 로터리 클럽 회원들의 애경사에 빠짐없이 참석하고, 그리고 집에서 일하는 조선족 아주머니를 위해 배려하는 마음, 외국인 등록에 관한 일에서부터 의료 보험 문제, 국적 취득 문제 등을 마치 자기 일처럼 완벽하게 보살펴 주었지요.

우리 형제들과 그 자녀들을 위해서 베풀어 준 선의의 원조를 늘 감사하고 있습니다. 당신은 당신이 은혜를 입은 사실을 절대 잊지 않고 응분의 감사를 반드시 드리지요.

몇 년 전, 우리가 중국 심양을 방문했을 때, 당신이 60년 전 다녔던 소학교 산투자(砂澤子) 심양초등학교를 방문하고 그 학교에 풍금을 선물하고 싶다고 하면서 산투자초등학교 전교생에게 나누어 줄 볼펜을 서울에서 준비해 가지고 갔지요. 당신은 일부러 여행 일정을 바꾸어서 당신 혼자서 그 시골 초등학교를 찾아갔더니 학교 건물은 옛 모습을 그대로 간직하고 있고 새 교장선생님과 만나 인사를 하고 풍금을 기증하고 싶다고 했다지요. 그랬더니 풍금 대신에 팩스가 필요하다고 해서 그 자리에서 팩스를 사고, 미리 준비해 간 전교생들을 위한 볼펜을 주고 왔던 일이 제게는 참으로 따뜻하고 낭만적인 기억으로 남아 있어요.

당신의 대학 졸업 50주년이 되는 2008년, 모교를 위해 1억 원을 쾌척(快擲)한 일은 참 훌륭했습니다. 당신의 선행은 서울공대 건축과 학생들에게 커다란 파급효과가 있으리라고 확신합니다.

한국상담대학원대학교

당신은 입버릇처럼 "준비 안 된 자식들에게 재산을 물려주는 것은 마약과 같다."는 말을 하면서 자신의 힘으로 모은 재산만이 참재산이라고 아이들에게 일러 주었지요. 그러면서 재산을 사회에 환원한다는 신념을 굳히고 여러 가지 방안을 강구하다가 학교법인을 설립하고 학교를 세울 계획을 했습니다. 그 결과로 내가 일생 동안 종사해 온 상담학을 연구하고 유능한 상담자를 교육하는 상담전문대학원대학교가 탄생하게 되었습니다.

나는 학교법인의 이름을 우천학원(宇川學園)으로, 학교 이름은 한국상담대학원대학교로 하자고 했지요. 학교 설립자인 당신의 호 宇川을 새겨두고, 한국상담학의 업그레이드를 목표로 학교를 운영해 보고 싶은 생각에서였습니다.

2007년 6월 28일 우천학원 설립을 위한 창립총회를 열고 열심히 준비하여 2008년 1월 24일에 교육과학기술부로부터 학원설립 인가를 받아, 2008년 1월 29일에 법인 등기를 마쳤습니다. 정해진 법정 기일대로 학교설립 인가신청을 위한 준비를 1년 동안 하고 2009년 6월 5일 학교설립심사위원단의 실사를 받고 2009년 7월 14일 교과부로부터 대학원대학교 설립인가를 받았습니다.

■ 우천학원은 동남주택산업주식회사에서 출연하여 설립한 학교 법인
■ 우천학원에서는 인간존중 상담철학과 인간의 잠재능력개발 및 자아실현에 최상의 가치를 두는 인본주의 교육철학을 바탕으로 현대 한국사회에 필요한 전문상담인력 양성을 목표로 한국상담대학원대학교를 설치·운영
■ 한국상담대학원대학교의 교육이념은 자아실현(自我實現), 교훈은 성장(成長)·소통(疏通)·실천(實踐), 교육목표는 생의 각 발달단계에 따라 삶의 터전인 가정, 학교, 직장 및 사회에서 복합적으로 이루어지는 발달 과업에 초점을 맞추어 생애설계를 도와주는 유능한 상

담인의 양성

■ 유능한 상담인의 핵심역량은 상담이론과 실무능력을 갖춘 전문적인 상담인, 상담분야의 변화에 능동적으로 대처하는 창의적 상담인, 다양한 상황에 적응하면서도 인간의 근본 덕목을 지키는 인간적으로 성숙한 상담인

■ 아동청소년상담심리전공, 부부가족상담심리전공, 산업조직상담심리전공, 고령자상담심리전공의 4개 분야를 설치하고 석사·박사 학위 과정을 운영. 편제정원은 200명

■ 한국 상담학의 학문적 이론을 구축하기 위하여 상담과 문학, 상담과 철학, 상담과 사회학, 상담과 정신분석학 등의 다학제적 교과목을 개발하여 공통필수 과목으로 운영. 학위 취득학점에 포함되지 않는 상담실습과목을 의무화하여 상담실습 능력의 전문성 제고

■ 편제정원 200명을 소수정예로 키우기 위하여 본 대학원에 입학한 학생들에게 상담학을 '제대로 공부시키고' 본 대학원을 졸업한 학생들은 상담학을 '제대로 공부했다'는 인식을 갖게 하여 한국 상담학의 위상 격상

■ 한국상담대학원대학교를 문자 그대로 '명품대학원대학교'로 육성

　그동안 당신이 보여준 놀라운 판단력과 추진력에 또 다시 나는 감격했고 매일 당신에게 끝없는 감사와 존경을 보내고 있습니다. 우리가 세운 '한국상담대학원대학교'는 우리 두 사람이 이룩한 우리 인생의 금자탑(金字塔)입니다.

젖은 낙엽

20년 넘게 당뇨와 고혈압을 달고 사는 당신이 금년 2009년에는 여러 번 병원에 다니면서 치료를 받아야 했습니다. 워낙 타고난 건강 체질로 염려했던 것보다는 검사 결과가 나쁘지 않아서 다행입니다. 특별히 소화기 내과의사의 지시대로 하루에 3km 이상 걸으면서 조금씩 나아지고 있어서 기뻐요. 정말로 건강에 자신이 있는 나도 2009년 1월 1일을 병원에서 보낸 것을 생각하면 우리 둘 다 이제 70 노객이 되어 서로가 서로를 돌보아야 하는 '젖은 낙엽' 신세가 되었어요. 가을날 생기를 잃은 잎사귀가 비바람에 젖어 떨어지다가 사람의 옷자락에 붙어 떨어지지 않는 모양을 늙은 부부의 모습에 비유한 '젖은 낙엽'이라는 표현은 슬프고 처량한 느낌이 들어 좋지는 않지만, 그 표현 속에 함축된 의미는 참으로 심오하다고 나는 생각해요.

매일 밤 저녁식사 후에 당신과 함께 우리 마당을 스무 바퀴씩 돌면서 지팡이에 의지하는 당신을 내가 곁에서 붙들고 걸으면서도 나는 참 행복감을 느낍니다.

우리가 서로 신뢰하고 인정하면서 몸은 불편하지만 맑은 정신으로 우리가 세워 놓은 '한국상담대학원대학교'의 앞날 계획을 서로 공유하는 이 시간은 참으로 축복 받은 시간이라고 감사하고 있습니다. 우리 겉모습은 '젖은 낙엽'이지만 실제로 우리는 새순을 틔워 가는 건강한 나무처럼 당당하고 보람에 차 있는 '서로가 서로를 마음 놓고 끝없이 좋아하는 부부'라고 확신하고, 지금까지 우리가 받은 은총에 감사하며 우리 서로 기쁜 마음으로 여생을 보내자고 다짐합시다.

03

어디에나 있으나
아무 데에도 없는 당신*

2013년 2월 6일 1주기에

당신이 홀연히 나의 곁을 떠나신 지 1년이 되었습니다.

당신을 멀리 보내고 나서 나는 지금 지난 31년간 당신의 아내로 내가 얼마나 행복하고 편안하게 살아왔는가에 깊이 감사드리고 있습니다. 현실적인 이해타산이 어둡고 상황판단이 느린 단순하고 어린애 같은 아내인 나를 위해 베풀어 놓으신 당신의 철저하고 용의주도한 배려와 따뜻하고 깊은 사랑에 감복하면서 지난날 당신의 마음을 미처 읽지 못했던 나 자신의 우매(愚昧)함에 때늦은 후회를 하고 있습니다. 아내인 나를 위해 당신이 귀하게 여기던 모든 것을 아낌없이 주고 가

셨는데 아내인 나는 당신의 그 깊고 넓은 마음을 미처 헤아리지 못했던 미숙했던 아내였었다는 자괴감(自愧感)에 휩싸여서 당신의 부재(不在)와 현존(現存)의 환영(幻影)을 붙들려고 안간힘을 쓰면서 지내고 있지요. 언제 어디에서나 마음속에 생생하게 나타나는 당신의 모습을 더 잘 보려고 눈을 크게 뜨는 순간 당신의 모습이 사라질 때마다 나는 마치 유배당한 왕비처럼 슬프고 외롭고 초라한 정신으로, 갑자기 남편을 빼앗겼다는 억울함으로 깊은 울음을 삼킵니다. 시간이 흐르면 나아질 것이라고들 합니다만, 마음속 안식처를 잃은 나의 상처는 오래도록 아물지 않을 것 같고, 시간이 갈수록 당신을 향한 나의 사랑은 절실해지고 당신을 보고 싶은 마음은 더욱 깊어집니다.

2010년 1월 19일 저녁, 하와이에서 김포공항에 내리면서 신촌세브란스 병원으로 직행한 이래로 2012년 2월 6일 돌아가실 때까지 힘든 투병생활을 하시던 모습을 생각하면 지금도 내 마음은 찢어지는 듯 아픕니다.

하루 4번씩의 복막투석, 하루 세 끼 식사 전의 혈당 검사, 많은 양의 갖가지 식후 복용 약, 이름도 어렵고 절차도 까다로웠던 많은 검사들

* 2012년에 남편이 세상을 떠나자 하늘이 무너지는 듯한 슬픔을 주체할 수가 없었다. 그는 자기가 세워 놓은 학교의 첫 졸업생에게 자신이 직접 졸업장을 주고 싶은 순수한 소망을 가지고 성실하게 2년여의 투병생활을 해왔으나 졸업식을 며칠 앞두고 세상을 떠났기에 더욱 가슴이 아팠다. 그의 1주기를 맞으면서 내 마음 가는 곳 어디에나 있으나 그의 모습은 아무 데에도 없는 그의 현존(現存)과 부재(不在)를 아프게 느끼면서 매일매일 살고 있다. 그를 보내고도 끄떡없이 살고 있는 내가 뻔뻔스럽다고 느껴지기도 하고 어려운 일이나 안타까운 일을 당할 때 나를 편안하게 보호해 주었던 그의 울타리가 없음에 절망하면서 나는 폐위당한 왕비처럼 쓸쓸하고 분하고 억울할 때가 많다. 그의 1주기를 맞아 글을 쓰면서 나는 시간을 재경험했고 잃어버렸던 나의 언어를 찾은 듯한 희열을 잠시 만끽했다. 이것도 문학상담의 한 단면이라고 믿는다.

과 복잡하고 위압적인 최신 기계를 이용한 촬영들. 그래도 당신은 참 용케 잘 참으시고, 열심히 의사 지시에 따르셨던 것을 생각하면 지금도 가슴이 아픕니다. 그런 와중에도 회사 일, 학교 일 등을 일일이 챙기고 기억하고 정확한 결정을 내리셨던 당신의 초인적인 능력은 참으로 감탄스러웠습니다.

돌아가시기 전 석 달쯤부터는 새벽 3시에 잠이 깨어서 당신은 나와 함께 많은 이야기를 했었지요. 간병인들도 도우미들도 다 잠든 새벽에 나는 평소에는 하기가 쑥스러운 이야기들, 내가 당신에 대해서 가지고 있었던 깊은 사랑과 감사의 마음을, 너무 고생하는 당신을 위해서 정말 내가 대신 아파주고 싶다는 이야기, 학교 이야기, 우리가 여행 다녔던 추억들을, 내가 이야기하면 당신은 내 손을 잡고, 조용히 들었고, 어쩌다가 내가 울면, "울긴 왜 울어? 괜찮아질 텐데……"라고 하면서 나를 위로해 주셨어요. 그러면서 "당신은 참 착한 여자야. 교수는 당신 같은 사람이 해야 돼. 예수는 당신처럼 믿어야 돼. 학교 운영을 당신만큼 잘할 수 있는 사람도 없을 거야."라는 말들을 해주었어요. 남을 칭찬하는데 비교적 인색했던 당신에게서 들은 이런 칭찬들을 나는 훈장처럼 기쁘게 받아들였지요. 이런 이야기들을 주고받으면서 우리 둘은 그 어느 때보다도 행복하게 서로를 이해하고 배려하고 사랑하는 마음으로 충만했었습니다.

당신이 운명(殞命)한 2012년 2월 6일 밤 10시부터 안치실로 옮겨질 때까지의 한 시간여 동안 편안한 얼굴로 영원 속으로 떠난 당신의 곁을 지키면서 나는 혼자서 또 많은 이야기를 했습니다. 지난 31년간의 우리의 만족스러웠던 결혼생활, 지난 석 달간 깊은 사랑과 연민으로 같이 나누었던 귀한 대화의 시간, 그리고 당신이 나에게 얼마나 좋은 남편이었던가를, 이제 당신이 세워 놓은 학교를 훌륭하게 키우겠다는 이야기를 마치 당신과 마주 앉아 있는 기분으로 침착하게 이야기했습니다. 그 시간에 내 마음이 의외로 참 평화로웠습니다. 이것이 당신과의 영원한 결별의 시간이라는 사실이 주는 아픔으로 몸과 마음이 떨리고 저려왔지만, 지난 31년간 당신이 나에게 얼마나 좋은 남편이었고 고마운 남편이었나, 그래서 당신은 내 존재의 의미였다는 사실, 앞으로 당신이 세워 준 학교를 정말 잘 키워 가겠다는 약속, 앞으로 저 세상에서 다시 만나서 잘 살자는 약속을 정말 따뜻하고 진실하게 나누었습니다. 2012년 2월 10일, 발인 예배를 마치고, 당신이 원하셨던 대로 학교에서 노제(路祭)를 지내고, 하관(下棺) 예배 드리는 동안 날씨가 겨울철답지 않게 정말 따뜻하고 푸근했지요. 당신이 생전에 보여 주시던 그 깊은 배려가 지금 이 자리에서도 우리를 지켜주고 계시다는 걸 체험하면서 감사했습니다. 당신의 관이 땅속으로 내려갈 때 나도 당신을 따라 땅에 묻히고 싶었습니다. 그런데 그 시간에 하늘에서 아주 깨끗하고 탐스러운 함박눈이 아름답게 내리는 것이었습니다. 그 눈을 보고 나는 당신이 하나님 나라에서 하나님의 영접을 받으면서 편히 쉬게 될 것이라는 믿음을 갖게 되어서 참으로 감사했습니다. 당신의 관 위로 나아드의 향유와 국화꽃 송이를 뿌리면서 나는 우리의 사랑은 시공을 초월해서 영원할 것이라고 확신했습니다. 당신이 세상을 떠난 날은 내가 제일 좋아하는 명절인 정월 대보름 밤이었습니다.

나는 그 사실에 깊은 의미를 두고 있습니다. 햇빛처럼 강렬하고 정열적으로 살았던 당신이 보름달을 맞으면서 저세상으로 떠나신 것은 앞으로는 강렬한 햇빛 대신에 맑고 청정한 달빛으로 존재한다는 뜻이라고 생각합니다. 생전에 당신은 나에게는 햇빛이었습니다. 이제 저세상에 계시는 당신이 제게는 달빛이에요. 앞으로 달빛은 생전의 당신이 나에게 보내주었던 그 깊고 넓고 따뜻했던 마음처럼, 드러내지는 않으면서도 진정으로 마음속 깊은 곳까지 나를 보호하고 나를 지켜주실 것이라는 당신의 약속이라는 믿음을 갖게 되었습니다. 그래서 우리 집 정원에 떠오르는 달을 볼 때마다 나는 당신이 나를 찾아오시는 것이라고 믿고 있습니다. 지금까지 단 한 번의 예외도 없이 한 달에 약 20여 일간 달은 우리 집 마당을 비춰 줍니다. 달을 바라보면 마치 당신이 "잘 있었어?" 하는 것 같아 나는 오랫동안 마당을 서성이곤 합니다.

오늘 새벽, 우리 집 마당 소나무에 가려진 음력 26일 그믐달을 바라보면서 나는 당신의 1주기 추모 예배를 준비하느라고 지난날들을 되돌아보고 있습니다.

결혼 초 경제 사정이 어려운 상태였지만 당신은 당신 사업을 반드시 시작하겠노라고 나에게 약속했던 대로 1985년에 '동남주택산업주식회사'를 설립하였지요. 그 후로 2006년까지 20여 년 동안 강릉, 수원, 인천, 부천, 시흥, 검단 등지에 서민을 위한 임대아파트와 연립주택, 고층 임대 아파트 등 5,000여 세대를 지었지요.

2002년에 서초동에 6층짜리 사옥을 짓고 본사가 이사를 하게 되었을 때 당신은 참으로 기뻐했고, "내가 죽으면 여기서 노제(路祭)를 지내줘."라는 말을 했지요. 그 말을 듣는 순간 나는 참 불길한 이야기를 하시네라고 생각했는데, 당신이 원했던 대로 2012년 2월 10일 많은 학생들의 슬픈 도열 속에서 우리는 당신을 위한 노제를 이곳에서 지내드렸습니다.

당신은 나에게 편하고 살기 좋은 집을 지어주겠다고 약속했던 대로 1991년에 삼성동 집을 헐고 다시 지었고, 그 동네가 너무 복잡해지니까 우리 노후에 좀 더 조용한 곳에서 편안하게 살기 위해서 2004년에 성북동에 또 다시 집을 짓고 옮겼습니다. 서울 시내라고 믿기 어려울 정도로 조용한 동네에서 새벽마다 아름답고 맑은 새소리를 듣고, 창으로 된 벽과 천장을 통해 밝고 맑은 보름달을 즐기면서 나는 매일 성북동 집을 즐기고 있습니다.

1981년 결혼한 우리는 2006년 2월 21일 은혼식을 맞게 되었지요. 우리는 지난 25년 동안 함께 살아오면서 쌓아올린 서로에 대한 절대적인 신뢰(信賴)를 바탕으로 어려웠던 고비와 자질구레한 마찰들을 그런대로 잘 극복해 온 사실에 감사하면서 앞으로 더 건강하게 잘 살자는 다짐을 했습니다. 남들의 눈에는 우리가 코드가 잘 안 맞는 부부로 보이기도 했겠지만, 우리의 결혼생활은 행복했습니다. 아내인 나는 당신의 착한 근본 심성, 기업가로서의 탁월한 실력과 우수한 머리를 감탄하면서 좋아했고, 남편인 당신은 나의 긍정적이고 착한 성격과 전문직 여성으로서의 성실과 정진(精進)을 신뢰하고 인정하기 때문에 우리는 서로에 대한 존경의 마음을 근본적으로 탄탄하게 구축했다고 생각합니다.

　내가 70이 되었을 때의 어느 날, 나는 당신에게 "나는 죽으면 화장(火葬)을 하고 싶어요."라는 말을 심각하게 했어요. 그때 당신은 "왜, 화장을 해? 그건 두 번 죽는 거야. 안 돼."라고 대답했고, 그리고는 그 대화를 잊어버리고 있었지요. 그러고 나서 한 2년쯤 지난 후 추석에 우리 가족 묘지에 성묘를 갔을 때, 당신은 가족 묘지의 위쪽, 양지바르고 전망이 아름다운 곳에 아담한 모습을 한 가봉분(假封墳) 앞으로 나를 데리고 가서 "당신과 내가 묻힐 곳"이라고 말해 주었습니다. 그러면서 당신은 "나는 죽어서도 당신하고 같이 있고 싶어."라고 짧게 말했는데, 나는 속으로 얼마나 감격했는지 모릅니다. 그때 당신과 내가 결혼한 지 30년 가까이 되는 해였는데, 그 순간이 우리가 진정 사이좋은 부부였음을 서로에게 분명히 확인하는 순간이라고 생각되어서 나는 참 기뻤습니다. 당신이 돌아가시고 장례를 준비하면서 당신이 이미 우리의 무덤에 두 개의 석관(石棺)을 마련했다는 사실을 그때야 알고, 당신의 나에 대한 철저한 배려와 사랑을 깨달았습니다. 당신이 돌아가시고 나서 매주 일요일 예배를 보고 나서, 지난여름 미국에 갔었던 한 달간을 제외하고는, 반드시 나는 당신 산소를 찾아갑니다. 맑은 공기와 탁 트인 전경(前景)을 바라보면서 내가 죽으면 이곳에서 당신과 같이 있을 생각을 하면서 죽음이 조금도 두렵지 않다고 생각하고 있습니다. 당신을 먼저 보낸 이 슬픔은 그 어떤 말로도, 그 어떤 일로도 위로 받을 수 없는 최고(最苦), 최악(最惡), 최종(最終)의 아픔입니다만, 일요일마다 산소에 와서 이제 당신은 고통이 없는 곳에서 나를 기다리고 계실 것이라는 생각을 하면서 가장 큰 위로를 받습니다.

한국상담대학원대학교

당신은 입버릇처럼 "준비 안 된 자식들에게 재산을 물려주는 것은 마약(麻藥)과 같다."는 말을 하면서 자신의 힘으로 모은 재산만이 참재산이라고 아이들에게 일러 주었지요. 그러면서 재산을 사회에 환원한다는 신념을 굳히고 계셨지요. 당신은 내가 2005년에 한국청소년상담원장직에서 정년 퇴임을 하고 집에서 얄롬 책을 번역하는 것을 보면서 "우리 마누라가 일생을 학교에서 놀았는데 늙어서도 놀 장소를 마련해 주는 것이 좋겠어."라는 말을 농담처럼 하고 나서 학교법인을 설립하고 학교를 세울 계획을 했습니다.

나는 당신의 말을 그냥 흘려들었는데 당신은 내게 했던 그 약속을 지키셨고 그 결과 내가 일생 종사해 온 상담학을 발전시키면서 유능한 상담자를 교육할 수 있도록 상담전문대학원인 한국상담대학원대학교를 설립해 주셨습니다.

학교를 설립하겠다고 결심한 순간부터 당신은 정열적으로 그 일에 착수하여 일의 핵심을 잡아 효율적으로 일을 추진했습니다. 학교 행정과는 거리가 멀었던 당신이 학교법인 설립에서부터 학교 개교까지의 행정절차를 간파하고 정열적으로 학교 설립을 추진한 당신은 참으로 비상한 능력의 소유자였습니다.

까다롭기로 유명한 교육과학부의 규정들을 완벽하게 지키면서 우리 학교는 일사천리로, 모든 절차를 무사히 통과하여 단 한 번의 유예

기간도 없이 물 흐르듯이 개교를 하게 되었습니다. 그동안 당신이 보여준 놀라운 판단력과 추진력에 또 다시 나는 감격했고 매일 당신에게 끝없는 감사와 존경을 보내면서 지냈습니다.

2002년에 당신은 그토록 원하던 사옥을 짓고 기뻐했는데, 학교를 설립하고는 그 애지중지하던 사옥을 단 한 순간의 망설임도 없이 규정에 맞게 증축을 해서 학교 건물로 등기를 마쳤지요. 그때 서초구청 직원이 놀라서 "아, 이 좋은 땅에 왜 학교를 세웁니까?" 했다는 말을 당신은 유쾌하게 받아들였습니다. 당신은 참으로 멋진 사업가이며, 재단이사장이며, 나의 남편입니다. 2010년 3월 2일 개교식에 당신은 병원에 입원해 있는 상태였기 때문에 참석은 못했지만, 두 달 후인 5월 15일, 학생들이 베풀어 준 '스승의 날' 행사에 참석하여 즐겁게 학생들과 담소하면서 "모두들 잘 살아야 돼."라는 짧은 명언을 남겼습니다. 그 후에도 건강이 좀 괜찮으면, 학교에 나와서 많은 일을 지휘하고 결정을 내려주면서 학생들을 위한 시설이며 물품들을 부족함 없이 공급해 주었습니다.

당신은 우리 학교가 상담전문대학원대학교이며, 성장, 소통, 실천을 교훈으로 하고 있으므로 상담, 성장, 소통, 실천의 첫 소리인 'ㅅ'을 학교의 상징인 푸른색 원형(圓形) 안에 넣은 교표를 직접 디자인했습니다. 그 교표가 지금 우리 학교의 상징으로 모든 문서에 사용되고 있습니다. 그만큼 당신은 학교를 진심으로 아끼고 사랑했습니다. 당신은 "총장은 제대로 학교를 운영하고, 교수들은 제대로 가르치고 학생들은 제대로 배우는 학교"로 키워 가야 한다고 내게 말해 주었지요.

첫 졸업생에게 학위증을 당신이 직접 주고 싶어 했는데, 그만 졸업식을 보름 앞두고 당신은 세상을 떠나셨습니다. 너무나 가슴 아픈 일이었습니다.

당신이 크고 고귀한 뜻으로 세워 놓으신 우리 학교를 당신이 소원하셨던 대로 "사람다운 사람, 함께 더불어 걸어갈 줄 아는 성숙한 생각과 느낌을 가진 사람, 존재의 의미를 겸손하게 일궈 내는 사람, 아름다움을 깊게깊게 음미하고 만들어 갈 줄 아는 사람, 성실하고 정직하게 일하고 정당한 대가에 만족하고 감사할 줄 아는 사람, 좋은 부모, 좋은 자녀, 좋은 사회인"을 양성하는, 진정한 상담정신으로 가득한 좋은 공동체로 키워 가는 데에 최선을 다할 것입니다. 그렇게 하면 앞으로 당신의 유지가 큰 파급효과를 낼 수 있을 것이라고 확신합니다.

당신이 나를 위해 사랑으로 설립한 '한국상담대학원대학교'는 우리 두 사람이 이룩한 우리 인생의 금자탑이라고 믿고 나는 여생을 이 학교의 발전을 위해 바칠 것입니다.

삶과 죽음

당신을 잃고 1년이라는 세월이 흘렀습니다. 그동안 아픈 마음으로 당신을 그리워하면서 저는 몇 가지 새로운 깨달음을 얻었습니다.

첫째, 삶과 죽음은 하나의 연속선상에 있다는 깨달음이었습니다. 스티브 잡스가 "죽음은 삶의 창조물이다."라는 말을 했을 때, 그 말의 뜻을 이해하지 못했는데, 이제 당신을 보내고 나서 "오병태 회장의 삶이 있었으니까 죽음이 있구나."라는 생각이 들고, 죽음이 갖는 엄청난 의미를 되새길 수 있었습니다. 당신은 강렬한 태양처럼 정열적으로 힘 있게 열심히 살았고, 그 결실을 한국상담대학원대학교를 설립함으로써 빛나게 생을 마감했습니다. 당신의 육체는 내 곁을 떠났지만 당신의 뜻과 사랑은 영원히 계속되는 삶의 연속선상에 있습니다.

둘째, 나는 당신과 나의 사랑은 시공(時空)을 초월해서 영원히 존재한다는 사실을 깊이 깨달았습니다. 겉보기에 우리는 너무나 다른 유형의 사람이었습니다. 그래서 제자들은 "선생님은 그렇게 코드가 다른 남편과 어떻게 그렇게 사이좋게 사세요?"라고 묻기도 했습니다. 그러나 1981년 내 나이 43(만 42세)세에 당신을 처음 만난 순간부터 나는 당신에게 '뿅' 갔고, 그 이후로 우리 둘은 20대의 젊은 부부처럼 서로 좋아하면서 30여 년을 살아왔습니다. 지난 2월 21일은 우리의 결혼 31주년 기념일이었지요. 결혼할 때 당신은 3명의 자녀를 둔 홀아비로 재혼이었고 나는 노처녀로 초혼이었기 때문에 서로 적응하기가 쉽지 않은 여건이었지만, 당신은 내게 조금도 어색하거나 힘든 기분이 들지 않게 자녀들과의 관계나 친지들과의 관계를 참 훌륭하게 조정했습니다. 그 근본은 당신이 나의 천성을 깊이 사랑했고 나의 전문직을 높이 존경해 주었고 나는 당신의 정직한 본성과 사업상의 특별한 혜안(慧眼)과 남성다움에 매료되었기 때문에 우리 둘 사이의 신뢰와 존경은 진정 지대했었습니다.

사랑하는 당신, 정말로 보고 싶은 당신.

나는 당신을 떠나 보내지 않았고,

당신은 언제나 내 마음에 살아 계시고,

당신에 대한 절절한 그리움과 사랑은 날이 갈수록 내 가슴 깊이

새겨지고 있습니다.

이 마음을 내가 당신 곁에 가는 날까지 고이 간직하고 있을 겁니다.

고마운 당신을 나는 진정으로 사랑하고 존경하면서 죽을 때까지

살아갈 것입니다.

– 2013년 2월 6일 당신의 1주기에

04

나의 버킷리스트

남편이 세상을 떠난 지 1년이 넘었다. 그는 지금 내 마음이 가는 곳 어디에나 존재하면서도 아무 데에도 실존하지 않는다. '죽음'이라는 완벽한 결별이 만들어 내고 있는 그의 現存과 不在를 아프게 느끼면서 나는 그가 몹시 그립다. 그는 3년 전에 한국상담대학원대학교를 설립하고, 나에게 학교를 잘 운영하라는 큰 과업을 남겨 주고 떠났다.

어떤 경우에서나 상황판단이 정확하고 추진력이 남달랐던 그는 자신이 하는 일의 효율적인 발전을 위해 노력했고, 자기 자신이 튼튼한 것이 무엇보다 중요하다고 믿었다. 준비 안 된 자식에게 돈을 물려주는 것은 마약을 주는 것과 같다면서 기업의 이익은 사회에 환원해야한다는 노블레스 오블리주 정신을 지니고 있었다. 평소에 그는 우리나라 학교 교육에서 인성교육이 부족하다는 것과 가정에서 자녀교육이 제대로 이루어지지 않고 있다는 사실을 안타까워했고, 인간의 잠재능력을 개발하고 독립심과 도전정신을 키워주는 교육이 필요하다고 주장하면서, 아내인 내가 전공하고 있는 상담학이 이런 점을 보완할 수 있는 학문이라고 인정하고 있었다.

공대 건축학과를 졸업하고 주택사업을 해오던 그가 우리나라 교육의 현실을 예리하게 통찰하고, 상담학의 진수를 이해하고 있는 것이 나는 늘 감사했다.

2005년 정년 퇴임한 나에게 어느 날 그는 "일생 상담학을 가르치는 교수였던 당신이, 이제부터는 우리나라에 정말 필요한 상담자를 교육하는 총장으로 일하도록 상담전문대학원대학교를 설립해 주려고 한다."는 약속을 했다. 그 후 2008년에 학교법인 우천학원을 설립하고 (宇川은 그의 아호), 2010년 3월 상담전문대학원인 한국상담대학원대학교를 개교했다. 정확한 상황판단과 빠른 추진력으로 학교설립 절차를 무난히 거쳐서 개교하게 된 것을 무척 기뻐하면서 "당신만큼 이 학교를 잘 운영할 수 있는 사람은 없을 것"이라고 나를 격려해 주었다.

상담학의 근본 목표가 '참된 자기'를 발견하고, '참된 자기의 능력'을 키우면서 '참된 자기 삶'을 의미 있게 살아가는 튼튼한 개인으로 성장할 수 있도록 도와주는 데 있다고 믿는 나는 인문학에 기초한 상담학의 구축과 그 실천 방법 연구에 몰두하고 있다. 그리하여 상담 과정이 인간존재의 의미와 가치를 깊이 탐색하는 보람 있는 여정으로 변화될 수 있기를 희망한다.

지금은 내 마음 가는 곳 어디에나 있으나 아무 데에도 없는 남편이 설립한 이 학교는 우리 부부가 쌓아 놓은 우리 인생의 금자탑이다. 나는 이 학교를 잘 운영하다가 그가 나를 기다리고 있는 우리의 幽宅으로 그를 찾아가서 영원히 그와 함께 쉬고 싶다. 이것을 나의 버킷리스트의 핵심으로 삼고, 나의 생명이 끝나는 날까지 최선을 다할 것이다.

(톱클래스, 2013년 6월호)

05

모란과 작약의 전설

지금으로부터 70여 년 전, 평안북도 신의주 근처 남시(南市)에 있었던 우리 할아버지 할머니 댁에는 목단(牧丹)이라고도 부르고 함박꽃이라고도 부르는 탐스러운 꽃 나무가 있었다. 그 당시 우리 식구는 만주 봉천에서 살았지만 나는 남시의 할아버지 할머니 댁에 자주 가서 지내곤 했다. 우리 집에서는 위로 언니, 아래로 동생이 있어서 부모의 관심을 별로 받지 못했던 나는 할아버지 할머니 댁에 가면 내가 모든 어른들의 사랑을 독차지할 수 있어서 좋았다. 할아버지와 할머니는 내가 순하고 말 잘 듣는 착한 손녀라고 많이 귀여워해 주셨다. 어려서부터 '예쁘게 생겼다'는 말보다는 '복스럽게 생겼다'는 말을 더 많이 들으며 자란 나는 우리 할머니 댁에서도 동네 할머니들에게서 같은 말을 듣곤 했다. 그럴 때마다 할머니는 "우리 혜성이는 우리 마당에 핀 목단 꽃같이 생긴 복스럽고 무던한 아이"라고 대꾸하셨다. 그래서인지 나는 마당에 핀 목단 꽃은 나를 닮은 꽃이라고 생각하고 그 꽃을 나와 동일시하면서 좋아했다.

그 후 38선을 넘고 6·25와 1·4후퇴를 겪고 이화여고에 다닐 때, 이화교정에는 5월이면 모란꽃과 작약꽃이 풍성하게 피었고 그 꽃들의 아름다운 향기가 온 교정을 은은히 뒤덮어서 전쟁으로 황폐해 있던 우리들의 마음을 넉넉하게 해주곤 했다. 할머니 집에서는 목단꽃 또는 함박꽃이라고 불렀던 꽃을 서울에서는 모란꽃이라 부르기도 하고 작약꽃 또는 함박꽃이라고 불러서 그 이름이 좀 혼돈스러웠지만 개의치 않고 나는 그 꽃을 항상 좋아하면서 언젠가 내 집 마당에 그 꽃이 있었으면 좋겠다는 바람을 막연하게 가지고 있었던 것 같다.

10년 전쯤 지금 살고 있는 성북동 집으로 이사 온 후 이른 봄에 남편과 함께 종로 5가 길거리에서 탐스러운 꽃을 몇 송이 달고 있는 잘 생긴 모란꽃나무를 보았다. 남편은 "꽃이 당신을 닮았네."라는 말을 하면서 그 꽃을 사다가 거실에서 제일 잘 보이는 마당 중앙에 심었다. 모란은 새봄이 되어 꽃나무들이 새순을 틔워 내는 4월쯤부터 잎사귀와 함께 꽃봉오리가 서서히 자라서 꽃으로 피기까지 시간이 꽤 걸린다. 5월 초가 되면 꽃이 피기 시작하여 한 두어 주일 이상 화려하고 탐스러운 꽃잎을 당당하게 활짝 펼치고 마당에 향기를 가득 내뿜는다. 그러다가 김영랑의 시구(詩句)대로 '오월 어느 날 그 하루 무덥던 날,

모란 꽃잎은 뚝뚝 떨어져 버리고 천지에 모란은 자취도 없어지고' 푸른 잎만 무성하게 자란다.

10여 년 전 봄에 우리 집에 온 모란은 뿌리를 내리느라고 그랬는지 한 2~3년간 꽃이 별로 많이 피지를 않았다. 그러나 우리 부부는 이른 봄부터 잎사귀와 함께 자라나는 모란 꽃봉오리가 완전한 꽃송이로 피어나기를 기다렸다가 꽃이 피어 있는 동안 그 향기를 만끽했다. 더 많은 꽃이 피어 주기를 기다리고 있는 우리의 바람을 알아차렸는지 우리 집 모란은 한 4년 전부터 8송이, 13송이, 20송이……, 그렇게 해마다 점점 숫자를 늘려가더니 작년 2013년에는 28송이가 탐스럽게 피었다. 나는 이 28송이의 풍성한 꽃이 2012년 2월에 세상을 떠난 남편이 나를 위로하려고 보낸 꽃다발처럼 느껴져서 작년 5월에는 한 달 내내 새벽마다 모란꽃을 바라보면서 그를 몹시 그리워하면서 지냈다. 그러면서 모란이 다시 피어날 2014년 봄을 기다렸다.

그런데 참 이상하게도 금년, 2014년에 우리 집 모란꽃나무는 단 한 송이의, 정말 단 한 송이의 꽃도 피워 내지를 않았다. 작년에는 28개나 되는 탐스러운 꽃을 피워 냈던 모란꽃나무가 어찌하여 금년에는 단 한 송이도 피워 내지를 못하는 것일까? 작년과 같은 풍성한 꽃을 기다리고 있었던 나는 심한 배신감 같은 것을 느끼면서 아마 작년에 너무 많은 꽃을 피워 냈기 때문에 금년에는 좀 쉬려나 보다 하고 스스로를 위안했다. 마음 한편으로는 남편이 왜 나에게 꽃다발을 보내지 않았을까 하는 동화 같은 야속한 생각이 들기도 했다. 그러는 중에 우연히 인터넷에서 '모란과 작약의 전설'을 읽었다.

"옛날 그리스에 파에온이라는 공주가 이웃 나라 왕자를 무척 사랑했는데 전쟁이 일어나자 왕자는 공주에게 자신을 기다려 달라는 부탁을 남긴 채 멀리 전쟁터로 떠났다.

그 뒤 공주는 왕자가 하루빨리 무사히 돌아오기만을 손꼽아 기다렸으나, 전쟁이 끝나고 여러 해가 지나도록 왕자는 소식이 없었다.

그러던 어느 날, 눈 먼 악사의 구슬픈 노랫소리가 들렸다.

"공주를 그리워하던 왕자는 죽어서 모란꽃이 되었다네.

그리고 머나먼 이국땅에서 슬프게 살고 있다네."

공주는 곧 길을 떠났다.

노랫말에 나오는 나라로 찾아간 공주는 모란꽃으로 변해 버린 왕자 곁에서 다시는 그를 떠나지 않게 해달라고 간절히 기도했는데, 하늘이 감동했는지 마침내 그녀는 그곳에서 탐스러운 작약꽃으로 피어났다.

부끄러움이란 꽃말을 지닌 작약은 푸른 5~6월의 하늘 아래 여인네의 함박웃음처럼 흰색, 붉은색으로 크고 탐스럽게 활짝 피어나 이른바 함박꽃이라고도 부른다. 사랑의 전설을 지닌 모란꽃과 작약꽃은 다년생 식물로 생김새가 서로 비슷한데 모란은 나무줄기에서 꽃이 피고 작약은 풀로 돋아 줄기에서 꽃이 피는 것이 다르다. 또 꽃이 피는 시기도 달라서 모란꽃이 피고 나서 작약꽃이 따라 핀다. 모란을 한자로 쓰면 목단(牧丹)이다."

남편이 세상을 떠난 지 이제 만 2년이 넘었다. 그러나 그는 지금도 내 마음 가는 곳 어디에나 있으면서도 그의 실체는 아무 데에도 없다. 어디에나 있으나 아무 데에도 없는 그의 현존(現存)과 부재(不在)를 아프게 실감하는 나에게 '모란과 작약의 전설'이 나의 마음을 위로해 주었으므로 나는 이 전설을 그와 나의 영원한 사랑의 은유(隱喩)라고 생각하기로 했다. 며칠 전 양재동에 가서 아직 꽃이 피지 않은 봉오리를 많이 달고 있는 작약꽃 몇 그루를 사다가 금년에 단 한 송이도 꽃을 피워내지 않은 모란꽃나무 옆에 심었다. 내년 봄에는 탐스러운 모란꽃이 당당하게 피어나고 부끄러워하는 작약꽃이 풍성하게 피어날 것이라고 확신하면서 벌써부터 나는 봄을 기다리고 있다.

(대산문학, 2014년 5월)

06

희수를 맞으면서[*]

2015년은 1939년생 토끼띠인 우리들이 희수를 맞는 해입니다. 네이버 지식백과의 설명에 따르면, "희수는 사람 나이의 일흔일곱 살, 희자축(喜字祝)이라고 하여 장수를 축하하는 뜻으로 쓰인다. 희(喜)자를 초서체로 쓰면 그 모양이 七十七을 세로로 써 놓은 것과 비슷한 데서 유래되었으며, 일종의 파자(破字)의 의미이다. 장수에 관심이 많은 일본에서 비롯된 말"입니다.

* 2015년 5월 28일, 1958년에 이화여고를 졸업한 동기동창들이 '희수맞이 잔치'를 열고 조촐한 모임을 가졌다. 그 자리에서 했던 인사말의 전문이다

결코 짧다고 할 수 없는 우리들 각자의 지나온 77년을 잠시 생각해 봅니다.

　우리들은 6·25의 상흔으로 인한 갖가지 질곡으로 어렵고 불안하고 가난한 10대를 보냈습니다. 그러나 이화에서 보냈던 1950년대는 자유·사랑·평화의 교훈 속에서 가난하지만 풍성한 꿈과 불안하지만 아름다운 미래를 설계할 수 있는 값진 교육을 받을 수 있었습니다. 대학 시절에 4·19와 5·16을 겪으면서 정의와 개혁을 향한 조국의 아픔과 진통을 체험했습니다. 우리들이 30대에 들어선 1970년대부터 2000년대까지 우리나라는 정치적으로 경제적으로 사회적으로 문화적으로 우리 역사상 그 유래를 찾아볼 수 없을 정도로 급격한 변화를 겪으면서 한국인 특유의 경쟁심과 도전정신으로 세계에서 13번째로 잘 사는 기적을 이룬 나라가 되었습니다.

　서기 2000년을 맞으면서 세계의 매스컴들은 이 우주는 희망과 절망, 건설과 파괴, 전쟁과 평화가 공존하는 새로운 시대를 맞게 될 것이라고 전망했고 개인들은 정보화 시대의 물결 속에서 자신의 정체성을 잃어 가게 될 것이라고 했습니다. 그 예언대로 지금 우리는 끊임없는 갈등과 분쟁이 계속되는 우주에서 정치·경제·문화의 변화 속에서 개인적으로는 정보화의 산물인 디지털 시대에 휘둘리면서 살고 있습니다. 하루가 다르게 변하는 디지털 기계의 범람 속에서 디지털 문맹이 되어 가고 정체성을 잃어 가고 있습니다. 놀라운 기능을 가진 값비싼 스마트폰을 손에 쥐고 있으면서도, 전화를 걸고 받는 가장 기초적인 기능만을 안심하고 쓰고 있을 뿐입니다. 전화벨이 울리면 전화기를 찾느라고 가방 속을 뒤지면서 긴장하고, 화면에 조금이라도 이상한 글자가 뜨면 기겁을 하고 아들딸, 며느리, 손자, 손녀들에게 미안한 마음으로 도움을 청합니다. 그들의 달갑지 않은 반응에 상처를 받기도 합니다. 편리한 스마트폰 덕분에 알고 있던 전화번호는 물론이고 자기 집 전화번호도 생각이 안 나고 중요한 약속 날짜를 잊어버리고, 친구들의 이름을 기억하지 못하면서 혹시 이것이 치매 초기 현상이 아닐까 염려하면서 뇌가 얇아진다는 나이가 되었습니다. 건강하던 몸이 여기저기 쑤시고 아파서 마치 정규교육을 받으러 열심히 학교에 다니듯이 종합병원 각 과를 순례하는 일로 하루를 보내고 있습니다. 멀쩡하던 눈과 귀가 안 보이고 안 들려서 말귀를 못 알아듣고 큰 소리로 떠들다가 주위의 눈총을 받는 할머니가 되어 가고 있습니다. 총명했던 두뇌가, 아름다웠던 몸매가, 흘러가는 세월 따라 걷잡을 수 없이 쇠퇴하고 쇠약해지는 현실을 이제는 받아들이지 않으면 안 되는 나이가 되었습니다. 온 정성을 바쳐서 길러 놓은 자녀들이 우리들을 하늘에 오른 듯한 기쁨과 희열을 주기도 하지만 지옥에 떨어진 듯한 절망과 고통을 주기도 하고, 사랑하고 믿었던 남편이 우리들을 남겨둔 채먼저 세상을 떠나는 슬픔을 안겨 주기도 합니다. 대부분의 우리들은 오래전에 모두 부모를 잃은 고아가 되었습니다.

　건강에 좋다는 약을 파는 업체에서는 이제는 100세 시대가 되었다고 우리들의 허술해진 얇은 귀를 현혹시키면서 정체불명의 온갖 약으로 우리들을 혼란시키고 그 선전에 말려들어 쓸데없는 건강보조 식품과 건강보조 기계들을 조마조마한 마음으로 샀다가 식구들의 눈총을 받고 또 약간의 쓸쓸한 상처를 받기도 합니다.

그러나 이러한 변화의 소용돌이에서도 변함없이 우리들 OPAL(58, Old Passionate Attractive Ladies)은 나이는 들었으나 열정적이고 매력적인 숙녀들입니다. 이제 우리는 OPAL이라는 이름에 걸맞는 여생을 살아야 합니다.

지난 5월 25일부터 2박 3일간의 남해안 일주 희수여행을 다니면서 나는 두 가지 다짐을 했고 이 다짐을 희수를 맞는 여러 친구와 공유하고자 합니다.

첫째, 우리들이 60여 년간 키워온 이 깊고 넓은 우정을 귀하게 지켜 나가자는 것입니다. 우리들은 기독교 정신으로 설립된 이화라는 좋은 학교에서 좋은 선생님들의 교육을 받고 총명하고 우수한 친구들과 우정을 키우면서 위리들의 일생 중에서 가장 순수했던 시절을 보냈습니다. 이 우정을 더욱 깊이 있게 지키고 키워 갑시다.

둘째, 우리나라의 발전을 위해 늘 기도하자는 것입니다. 2박 3일 동안의 짧은 여행이었지만 지방과 서울이 똑같은 형태로 발전하고 있는 대도시와 소도시의 겉모습, 잘 닦여진 고속도로와 국도, 경이로운 기술로 건립된 남해대교, 이순신대교 등의 우아한 다리들, 선진국의 호텔보다 더 편리한 호텔, 울창한 삼림과 깨끗한 고속도로 휴게소의 화장실들, 참으로 이제 우리의 조국 대한민국은 좋은 나라이고 자랑스러운 나라입니다. 기적을 이루면서 발전하고 있는 우리나라가 점차적으로 잃어 가고 있는 가치관과 도덕관과 국가관이 아쉽습니다. 이제 이 정신을 회복시키지 않으면 안 되겠다고 생각합니다. 이를 위해 우리들이 할 수 있는 일은 기도라고 믿습니다. 기독교 교육을 받은 우리들이 흔들림 없는 신앙으로 우리나라의 미래를 위해 쉬지 말고 기도하는 생활을 합시다.

오늘 이 의미 있는 잔치를 위해 기꺼이 거액을 희사한 친구 최창숙의 호의에 감사하고, 멀리 미국에서 여러 가지 어려움을 제치고 달려와 준 친구들의 열정에 감사하고, 오늘의 이 잔치를 위해 수고해 준 동창회 실행위원들과 임원들, 그리고 여기에 참석한 모든 친구들에게 따뜻한 사랑과 감사를 보냅니다.

우리 모두 건강하고 행복하게 아름다운 노년을 의미 있게 보냅시다. 감사합니다.